蒼き狼と白鹿の身代わり花嫁

Mashii Imai
今井真椎

CHARADE BUNKO

Illustration

藤村綾生

CONTENTS

蒼き狼と白鹿の身代わり花嫁 ———— 7

あとがき ———— 253

序

どこまでも続く果てなき草原を吹き荒れる風が、轟々《ごうごう》と音を立て、白い幕舎《ばくしゃ》の布を揺らす。

婚礼の輿《こし》から下りた湖白《こはく》が通されたのは、集落の中で最も大きな幕舎だった。

木製の骨組みの上に羊毛布を被《かぶ》せて作られた円形の幕舎の中は広く、屈強な男たちが十人以上連なって座っていてもまだ余裕がある。

だが、お世辞にも頑丈とは言いがたく、強い風が吹くたび、幕舎を覆う布は今にも捲《めく》れあがりそうなほど大きくはためき、室内の中央に設けられた煙突からは軋《きし》んだ音が響く。

（ここが、狼族《おおかみぞく》の王《ハーン》の住まいなのかな……）

不安に駆られた湖白は、低く頭を下げたまま、周囲に注意深く視線を巡らせた。

幕舎を支える朱色の柱と、同色で纏《まと》められた卓子《つくえ》や行李《こうり》類。細かい文様が織り込まれた緋《ひ》色《いろ》の絨毯《じゅうたん》は目を引いたが、そのほかにこれといって派手な調度もない。

とても草原の覇者《はしゃ》であり、残虐非道《ざんぎゃくひどう》な略奪者と名高き狼族の住まいとは思えない。

金国《きんこく》の豪華絢爛《ごうかけんらん》な宮中建築を見慣れた湖白にとっては、ひどく粗末なものに感じた。

「なるほど。たしかに白いな。髪も肌も、草原に積もったばかりの新雪のようだ」

「だが、この者が本当に白鹿族《しろしかぞく》の末裔《まつえい》という証拠がどこにある？　白鹿族は五年前の戦《いくさ》で一人残らず金国に殺されたはず。我々は金国に謀《たばか》られたのではないか？」

幕舎に集《つど》った男たちが、床に手をつき顔を伏せている湖白の姿を見て、ひそひそと囁《ささや》き合う。

男たちの頭には皆、人間の耳の代わりに三角形をした狼の耳が生えていた。

出口にほど近い位置に座る男たちの頭には黒や灰色の耳、そして奥の上座に近づくにつれ、白や青みがかった銀色の耳を有する者たちが、湖白を興味深そうに眺めている。

（噂《うわさ》には聞いていたけれど、本当に狼の耳が生えているなんて……。この様子だと、きっと牙《きば》も生えてる。大きな狼もたくさん従えてるみたいだし）

幕舎の中には、男たちのほかに獣姿のままの狼が何頭もいた。

湖白が狼を見るのはこれが生まれて初めてだったが、想像していたよりずっと大きい。

狼たちがその気になれば、小柄な湖白の体など一撃で噛《か》み殺してしまうだろう。

（どうしよう。怖いよ……。もし僕が男だってばれたら……）

それなりに覚悟を決めて狼族のもとへ嫁いできたとはいえ、迫りくる死の恐怖に湖白は震えを隠せなかった。

婚礼の輿は湖白を狼族の幕舎に送り届けるやいなや、一目散に金国へ引き返していってしまったため、湖白に逃げる術《すべ》はない。

それればかりか、湖白の異母兄である皇帝は、狼族との和睦の条件として湖白を嫁がせるに当たり、供の者はおろか馬や金銀珠玉《しゆぎよく》といった持参金を一切持たせてくれなかった。

せめて持参金があれば、狼族に命乞《いのちご》いができたかもしれないのに、たび重なる飢饉《ききん》と兄の無駄遣いによって国力が疲弊した金国にはその余裕すらなかったのだ。

「面《おもて》をあげよ」

上座から冷たい声をかけられ、湖白はびくりと赤い花嫁衣装を着た肩を揺らす。

おそるおそる顔をあげると、正面の玉座に座る黒髪の男が、青い瞳《ひとみ》を不機嫌そうに眇《すが》めてまっすぐに湖白を見つめていた。

年は二十代後半から三十歳を少し過ぎた辺りだろうか。

無造作に垂らした長い黒髪と切れ長の瞳が印象的な、整った顔立ちの男だ。

長年の戦で培ったのであろう筋骨隆々とした体つきが、細かい刺繍《ししゅう》の入った青い民族衣装《デール》の上からもはっきりと見て取れる。

彼が狼族を統《す》べる王——当代のハーンなのだろう。

「そなた、名はなんと申す」

男は鋭い眼光で湖白を睨《にら》んだまま、低い声で尋ねてきた。

幕舎に集う狼族の中で唯一、彼だけは狼の耳が生えていない。周辺国と交流することの多いハーンともなると、日常的に耳を隠す術《すべ》を心得ているのかもしれない。

「——湖白と申します」

なるべくか細く、姫君の声に聞こえるよう細心の注意を払い、湖白は答えた。

思いきって男と視線を合わせると、男は一瞬だけ息を呑《の》んだようだった。

白鹿族の特徴を色濃く受け継ぐ湖白の容姿が珍しいのだろう。

淡雪のように白く透き通った肌と、肩に少しかかる長さの白い髪。小さな顔に調和よく配置されたつぶらな両の瞳は、朝焼けの湖面を映し取ったかのような澄んだ菫色《すみれいろ》。

生まれつき華奢《きゃしゃ》でほっそりとした体格はいくら鍛えても改善されず、おかげで薄絹を何枚も重ねた赤い花嫁衣装を着込めば容易に女を装うことができた。

だから、一見しただけでは性別を見破られる恐れはないはずなのだが、男はなおも湖白の全身をじろじろと眺めてくる。

（なんだか、すごく見られている。気まずいよ……）

息苦しさに耐えかね、湖白は再び目を伏せた。もしかしたら、自分の態度のどこかに不備があって、男に怪しまれてしまったのかもしれない。

湖白が恐縮しきっていると、しばらくして男は重い口を開いた。

「我々狼族の始祖は、蒼《あお》き狼と白き牝鹿《めじか》であったといわれている。ゆえに、一族を率いるハーンの地位についた者は、代々白鹿族の花嫁を迎えることが誉れとされてきた。当人同士がそれを望もうが望むまいが関係なしにな」

男はひどく苛立《いらだ》っているようだった。眉間《みけん》に深く皺《しわ》を寄せ、玉座の肘掛《ひじかけ》を指先で何度も叩《たた》いている。

「なんだ。ずいぶんな言い方じゃないか。いつまでも身を固めようとしない兄上のために、せっかく白鹿族の生き残りを見つけてきてやったのに」

「俺は生涯妻を迎えるつもりはないと何度言ったらわかるのだ、トゥルイ」

男にトゥルイと呼ばれた若者が、やれやれといった表情で肩を竦《すく》める。

それを冷たく一瞥《いちべつ》して、男は再び湖白に視線を戻した。

「そなたも望まぬ婚姻なら断ってもよいのだぞ。深窓で育った姫君には、我々のような草原の蛮族に嫁ぐのは辛《つら》かろう」

男がため息混じりに呟《つぶや》いた言葉は、ともすれば湖白の立場を優しく気遣ってくれたものに感じるが、騙《だま》されてはいけない。

湖白が金国に逃げ帰れば、それは和睦《わぼく》が破られ、狼族が再び金国に攻め入ってくるということだからだ。

先月、狼族に首都深くまで進軍を許し、落城寸前まで追い詰められた金国に、狼族と戦う余力はない。戦に敗れれば、金国の富という富はすべて奪われ、女子どもは捕えられ、男は皆殺しにされるだろう。

「い、いいえ、滅相《めっそう》もございません。私は自ら望んでハーンのもとへ嫁いでまいりました。こうして実際にお目通りがかないましたこと、大変嬉《うれ》しく思います」

男に敵意がないことを示すため、湖白は深く拱手《きょうしゅ》の礼をした。

湖白の細い肩には今、湖白一人の命だけでなく、金国すべての民の命がかかっている。もし少しでも目の前の男の不興を買えば、それらはけし粒のように吹き飛んでしまうだろう。

「ジュチ。用心しろ。その者、女ではない」

と、男の右隣で腹《はら》這《ば》いになっていた白い狼が突然声を発し、湖白は驚いて顔をあげた。

低くしわがれた男の声だ。

だが、幕舎に居並ぶ男たちは、狼が人間の言葉を喋《しゃべ》ることに誰一人動揺した様子を見せない。

「大《だい》ハーン。どういう意味です?」

玉座に座る男が狼に視線を向ける。

男が大ハーンと呼ぶということは、この狼が一代にして狼族を草原の覇者に育てあげた前ハーン、つまり彼の父親なのだろうか。

「その者から女のにおいがしないと言っているのだ。儂《わし》のほかになぜ誰も気づかぬ。それでもお前たちは蒼き狼の末裔か」

狼はそう言うと、億劫《おっくう》そうに起きあがり、湖白のもとへゆっくりと近づいてきた。

体長だけを比べたら湖白の身長とさほど変わらない大きさをした、白い毛並みが豊かな狼だ。

狼族に獣の耳が生えていることは知っていたが、完全な狼の姿にもなれるなんて聞いていない。

そういえばたしかに、幕舎の中に何頭かいる狼たちは、皆賢そうな顔をしていた。

もしかしたら彼らもあえて狼の姿を取っているだけで、もとは人間なのだろうか？

「和睦の条件として男を嫁に差し出してくるとは、我々も金国に舐《な》められたものだな」

狼は深い瑠璃色《るりいろ》の瞳を細め、湖白を正面から睨みつけてくる。

不躾《ぶしつけ》に湖白を観察する男とはまた違う、湖白の真意を探ろうとする視線に、湖白の背筋はぶるりと震えた。

自分の性別をいつまでも隠し通せるとは思っていなかったが、まさかこんなに早くばれるなんて。どうしよう。怖い。

「小僧。なにが目的でここまでやってきた。理由によっては生かしておけん」

湖白の返事次第では今すぐ噛み殺さんばかりに、狼が鋭い牙を見せて威嚇《いかく》してくる。

（花琳《かりん》……！）

湖白は花嫁衣装の布地を握りしめ、祖国に置いてきた妹の名を心の中で呼んだ。

一

湖白は大陸の中原《ちゅうげん》に位置する金国の第八代皇帝・宣宗《せんそう》の第四皇子として生まれた。

母は金国の北方に広がる草原に暮らす白鹿族の首領の娘で、朝貢《ちょうこう》として金国に献上された。

だが実際は、母の美貌《びぼう》を聞きつけた父が、半ば白鹿族を脅す形で略奪したらしい。

父の後宮には、そのようにしてほかの周辺国や部族から集めた美姫たちで溢《あふ》れていたが、その中でもとりわけ湖白の母に対する寵愛《ちょうあい》は深かったようだ。

父は母のために、後宮の一角に三層からなる美麗な楼閣《ろうかく》を建て、湖白が十歳になった年には妹も生まれた。

だが、その年の暮れ、白鹿族が突如、金国に攻め入ってきた。奇しくも白鹿族の新しい首領となった男が母の元婚約者で、母を取り戻す機会をずっと窺《うかが》っていたらしい。

しかし、金国との圧倒的な武力の違いにより、反乱は瞬《また》く間に制圧され、父の怒りを買った白鹿族は老若男女問わず皆殺しにされ、長城に首を吊《つ》るされた。

それは湖白たち母子も例外ではなく、磔刑《たっけい》こそ免れたものの、楼閣の最上階に幽閉されることとなった。父は母と元婚約者が未《いま》だに心を通わせているのではないかと、猜疑心《さいぎしん》にとらわれていたらしい。

もともと体の弱かった母はそれから半年後に亡くなり、その後を追うようにほどなくして父も流行《はや》り病で身罷《みまか》った。

今は湖白より十五歳年上の異母兄が皇帝の位を継いでいるが、湖白と妹は楼閣の最上階に幽閉されたまま、皇帝の許可なしに外へ出ることを許されていない。

かつて後宮一の美しさを誇っていた楼閣は、誰も手入れする者がいなくなったせいで急速に老朽化が進み、今や幽霊屋敷といった有様だ。

朱色の塗装が剝《は》げた柱や、ところどころ穴の空いた蔀《しとみ》。天井には蜘蛛《くも》の巣が張り、吹きさらしとなった廂《ひさし》には泥や煤《すす》がこびりついている。

特に今日は、昨夜《ゆうべ》の嵐《あらし》が運んだ砂が室内まで吹き込んできてしまい、汚れがひどかった。

「あにうえ、どう？　よごれ、きれいになったよ」

雑巾《ぞうきん》を片手に、今年五歳になる妹の花琳が得意げに声を張る。

窓枠の泥を拭《ぬぐ》う作業の手を止め、振り返った湖白は、床に膝立《ひざだ》ちになっている妹の周囲を確認し、頷《うなず》いた。

「うん。上手に拭《ふ》けたね。花琳のおかげで床がぴかぴかだ」

「ぴっかぴか！」

「部屋が綺麗《きれい》だと気持ちいいよね。花琳、次はこっち側の床もお願いできる？」

花琳の雑巾を新しいものに交換してやり、湖白は部屋の北側を指さす。

ている。

花琳は湖白と同じ菫色の瞳を輝かせ頷くと、再び元気に雑巾がけを始めた。

作業がしやすいように後ろで一つに束ねてやった白い髪が、まるで犬の尻尾《しっぽ》のように揺れている。

その後ろ姿を湖白は微笑《ほほえ》ましく見つめた。幼いなりに一生懸命兄の仕事を手伝おうとしてくれる花琳の気持ちがありがたい。

物心つく前に両親を亡くし、最低限の衣食住しか与えられない不自由な幽閉生活の中でも、花琳は素直ないい子に育ってくれたと思う。

「湖白様、花琳様。申し訳ございません。本来でしたら私の仕事ですのに」

寝台の敷布を取り替えていた李鵜《りう》が恐縮しきった様子で声をかけてくる。

李鵜は母が存命だった頃から湖白たちに仕えている老宦官《かんがん》だ。元は府庫で働く下級役人だったが、禁書に目を通した罪で腐刑《ふけい》に処せられ、宦官となったらしい。

慣れない後宮仕えで、ほかの宦官たちに苛《いじ》められていたところを母に救ってもらった恩から、李鵜だけは湖白たちが幽閉されてからも、変わらず身の回りの世話をしてくれている。

気の弱いところはあるが、博識で心優しい李鵜は湖白にとって家族同然の存在だ。

だから、近頃足腰が弱ってきた李鵜に雑事をすべて任せるのも申し訳なく、湖白は積極的に李鵜の仕事を手伝うようにしていた。

「うん！　まかせて！」

「気にしないで。お前一人では手が回らないだろうから。掃除ぐらい僕たちにも手伝わせてよ」

「なんと恐れ多いお言葉を……。珀妃《はくひ》様がご存命でしたら、湖白様は今ごろ皇位を継がれていたやもしれませんのに」

「そんなことはないよ。父上は母上のことを愛していたけれど、僕のことは疎ましくお思いのようだったから」

「いいえ、そのようなことは決して！」

湖白が自虐的に微笑むと、李鵜は慌てた様子で否定した。

李鵜の視線は痛ましげに湖白の頭に生える二本の小さな黒い角に向けられている。

白鹿族の特徴として、男子の頭には鹿の角が生える。

湖白の頭に初めて角が生えたのは、三歳を過ぎたときだった。

最初は瘤《こぶ》のように小さな塊だったそれが伸び、徐々に鹿の角の形を成していくのを目の当たりにした父は湖白を気味悪がり、それ以来、湖白を遠ざけるようになった。

角が生えるのは白鹿族の男子だけの特徴で、母や花琳には生えていなかったからだ。

「僕の頭に生える角を見ても、普通に接してくれたのは母上と花琳と李鵜だけだ。李鵜には本当に感謝しているよ。白鹿族が反乱を起こしたときも、母上と僕たちは関係ないと父上に訴えて続けてくれたと聞いた」

「滅相もございません。私は臣下として当然のことをしたまでです」

父が母のもとを訪《おとな》うとき、湖白は必ず別室に閉じ込められ、一人で泣いていた。

そんなとき、湖白を優しく慰めてくれたのは、李鵜だった。

後宮に住まう女官や宦官たちから疎んじられ、誰も湖白の教育係を引き受けてくれなかったときも、李鵜が自ら家庭教師となって湖白に勉強を教えてくれた。

湖白たち母子が幽閉されたあとも、処遇を考え直してほしいと何度も父に直訴して、そのたびに激しく鞭打《むちう》たれたことも知っている。

だからこれ以上、李鵜に苦労はかけさせられない。

「本当だったら僕たちは王宮を追い出されても文句を言えない立場だ。だから、花琳と二人、飢えずに暮らしていけているだけ幸せだと思わなくちゃ」

もう何度も自分に言い聞かせた言葉を今日も呟き、湖白は黙々と窓枠にこびりついた泥を拭う作業に戻った。

李鵜に聞いた話によると、城下の町ではたび重なる飢饉《ききん》と流行り病によって、貧しい民が次々に息絶えているらしい。親を失った年端もいかぬ子どもたちも例外ではない。

楼閣での窮屈な幽閉生活に耐えかね、城下へ逃げ出すことを考えた時期もあったけれど、湖白は幼い花琳を抱えてその中で生きていく自信がなかった。

「湖白様。陛下のお召しの時間です」

と、部屋の扉が外から叩かれた。予定より早く皇帝の遣いがやってきたらしい。

湖白は月に一度、ある特別な任務を果たすため、楼閣から出ることを許されている。

「あにうえ」

花琳が心細そうな表情で湖白の手を摑《つか》む。

「大丈夫。いつものお勤めだから。朝には戻るよ」

湖白は花琳の頭を撫《な》で、立ちあがった。

部屋の中にある最も小綺麗な着物に着替え、最後に角を隠す布を頭に被る。

皇帝の用意した部屋に向かうためには、途中、後宮を通らねばならないからだ。

「行ってくるね」

心配そうに自分を見送る花琳と李鵜を安心させるため、軽く微笑んで、湖白は部屋の外に出た。

両脇を皇帝の遣いの衛兵に囲まれ、楼閣の階段を下りる。

一ヶ月ぶりで出た外は夕暮れが迫り、空を赤く染めていた。後宮の四方を取り囲む高い壁の向こうには、分厚い黒雲が立ちこめている。

この様子では今夜も嵐がやってくるかもしれない。

「ほら、あの子よ。白鹿姫の産んだ、いわくつきの皇子様」

「ああ、あの化け物の……」

後宮の渡り廊下に差しかかると、中庭や柱の陰にいた女官たちが長い袖《そで》で口元を隠し、ひそひそと湖白の噂話を始めた。

心ない人たちから、化け物と呼ばれることには、もう慣れた。

いくら布で隠しても、この角がある限り、自分は他人に愛されることも、受け入れられることもないのだろう。

悲しいけれど、自分はもう子どもではないのだから、泣いてばかりもいられない。

湖白は唇を嚙みしめ、気丈に顔をあげた。

＊

皇帝の用意した部屋に着くと、湖白は椅子《いす》の上に座るよう指示され、肘掛けや椅子脚に麻縄で四肢を固く縛られた。作業の途中で痛みに耐えかね、舌を嚙まぬよう猿轡《さるぐつわ》も嚙まされる。

部屋の中には白装束に身を包んだ男たちが五人ほどいて、湖白を取り囲んでいる。いずれも王宮に仕える医師や薬師《くすし》、そして呪《まじな》いを生業《なりわい》とする巫者《ふしゃ》たちだ。

その中でも最も屈強な体つきをした男が、棒状の角やすりを構えて湖白に近づいてくる。

通常は木材の角を取るために使われる工具だが、男は迷わず尖《とが》った鉄製の突起を湖白の角に押し当て、ゆっくりと表面の組織を削り取っていく。

「……っ、ぅ……」

椅子の上で縛られた体勢のまま、湖白は息を詰めた。

何度体験しても、角を削られる痛みには慣れない。例えるなら、深爪をした箇所をさらにやすりで深く削られていく感覚に近いかもしれない。

角は伸びきってしまえば白く硬化し、削られてもさほど痛みを感じなくなるが、医師たちが狙《ねら》っているのは、角袋と呼ばれる生え変わり始めたばかりの小さな角だ。

黒っぽい皮と産毛《うぶげ》に覆われた柔らかい角袋の成分はほとんどが血液や骨髄液《こつずいえき》で、これを乾かして煎《せん》じたものは、滋養強壮や精力剤として効力の高い鹿茸《ろくじょう》という漢方薬になる。

兄が即位してからというもの、湖白は毎月角が新しく生え始めた頃合いを見計らい、この角袋を削り取られるようになった。

初めて角を削られたときは、神経に障る鋭い痛みに思わず悲鳴をあげてしまったが、妹と二人、王宮の片隅に置いてもらう代償として、定期的に皇帝に献上することを命じられては、逆らうことはできなかった。

(痛みはすぐに終わる。だから、少しだけ……少しだけ我慢すれば……)

歯を食いしばり、湖白は今日も拷問のような時間を必死に耐える。

そうして四半刻ほど過ぎた頃だろうか。

「終わりましたぞ」

と医師に声をかけられ、湖白はほっと息をついた。

「は、い……」

猿轡と四肢を縛《いまし》めていた縄も外され、ようやく自由の身となる。

脂汗《あぶらあせ》の浮く額を手の甲で拭い、乱れた着物を直していると、廊下から大きな足音がして、紫色の夜着に身を包んだ恰幅《かっぷく》のいい男が部屋の中に入ってきた。

「兄上……いや、陛下」

湖白は慌てて椅子から下り、その場に平伏した。湖白を嫌っている兄が自ら鹿茸の採取現場にやってくるのは珍しい。

「お前が余に偽物の鹿茸を飲ませているのではないと疑って来たのだ」

まだ日が暮れたばかりだというのに、兄はひどく酔っているようだった。

長年の暴飲暴食と好色がたたり、土気色に変色した肌に、とろんと濁った瞳。

寵姫たちを侍《はべ》らせた寝所から、そのまま抜け出してきたのか、だらしなく羽織った夜着の袷《あわせ》からは、でっぷりと肥えた腹が覗《のぞ》いている。

「偽物、とは……いったいどういうことでしょう」

湖白は低く頭を下げながら、おそるおそる尋ねた。

「近頃、お前から取る鹿茸がまったく効かぬと申しておるのだ！」

兄が声を荒らげ、手に持った鉄扇《てっせん》で強《したた》かに湖白の頬《ほお》を打ってくる。

不意を突かれた湖白はろくに受け身も取れず、「あっ」と力なく床に転がった。

「も、申し訳ございません。ですが、陛下に献上しておりますのは、決して偽物では……」

「言い訳など聞かぬ！　お前のせいで余は女たちに笑われたのだ！　今日はいつもの倍の量を飲んで閨《ねや》に備えたというのに！　なにが鹿茸だ！　余を謀りおって！」

兄につき従って部屋にやってきた侍従たちは、湖白を叩き続ける兄を冷ややかに見守るだけで、誰も止めてくれない。酒乱の兄が癇癪《かんしゃく》を起こすのは日常茶飯事だからだ。

湖白は床に転がったまま、両手で頭を抱えて、暴行がやむのをひたすら待つしかなかった。

しばらくすると、湖白を叩き疲れた兄が肩で息をし始めた頃合いを見計らい、一人の医師が口を開いた。

「恐れながら、陛下。それはもしや、湖白様が成長したからかもしれません」

「なに？」

「鹿茸は若い鹿のものほど成分が濃く、薬効も強いといわれております。先月成人を迎えられた湖白様の角は、効き目が薄くなってきたのかもしれません」

「なんだと？　そんな話は聞いていないぞ！　余がなんのために、穀潰《ごくつぶ》しのこやつらを城に飼ってやっていると思っているのだ！」

兄が湖白の着物の胸ぐらを摑み、怒声を浴びせてくる。

医師の話は、湖白も初耳だった。

母の死後、今まで自分と妹が生かしておいてもらえていたのは、自分の角に薬としての利用価値があったからだ。

もし本当に、角の効き目が薄くなっているとしたら、自分は兄にとって用なしの存在となってしまう。王宮を追い出されても文句は言えない。

「お、お許しください。まさか角の薬効が薄くなっているとは思いもよらず、兄上に献上してしまいましたこと、深くお詫《わ》びいたします。代わりに僕にできることがあれば、なんでもお命じください。ですからどうか、どうかお情けを」

湖白は必死の思いで兄の足元に縋《すが》った。自分一人の命ならどうなっても構わないが、花琳だけは身を挺《てい》してでも守らなくてはいけない。

と、部屋に慌てた様子で一人の男がやってきた。

「陛下。お取り込み中のところ失礼いたします」

「何用だ」

湖白を虫けらのように見下ろしたまま、兄が面倒くさそうに問いかける。

黒の官服に身を包んだ男の顔は湖白も見覚えがある。即位間もない頃から後宮に入り浸りになっている兄の代わりに、金国の政務を率いてきた宰相《さいしょう》だ。

「狼族との和睦交渉の件ですが、少々難航しておりまして、陛下に折り入ってご相談が」

宰相はちらりと湖白に視線を遣《や》ったあと、疲れきった表情で兄に説明を始めた。

先月、草原に住む狼族が金国に攻め入ってきて、あわや落城寸前まで追い詰められたことが、彼の大きな心労になっているのかもしれない。

「ふん、あの忌々《いまいま》しい蛮族どもめ。懲りずに白鹿族の花嫁を強請《ゆす》りに来おったか」

宰相の説明を聞くなり、兄は面白くなさそうな表情で呟いた。

長年、草原の一部族として侮っていた狼族と、半ば降伏と同等の条件で和睦を結ばざるを得ない状況に陥ったことは、兄の矜持《きょうじ》を深く傷つけたようだった。

「白鹿族の花嫁?」

湖白は兄の顔を仰《あお》ぎ見た。

今、金国にいる白鹿族といえば、自分と花琳だけだ。なぜ狼族との和睦の交渉で白鹿族の名前があがるのだろう。嫌な予感がして、胸が騒ぐ。

「そう。お前の妹のことだ。どこで聞きつけたのか知らんが、狼族は我が国との和睦の条件として、白鹿族の花嫁を所望しておる」

嫌な予感が的中し、湖白は息を呑んだ。

「な、なぜです。狼族は、なぜ花琳を……?」

狼族が花琳を指名してくる理由がわからず、湖白は無礼を承知で兄に尋ねた。

兄はしばらくうんざりとした表情で湖白を眺めたあと、重い口を開いた。

「――上天より命《みこと》ありて生まれたる蒼き狼ありき、その妻なる惨白き牝鹿《なまじろ》ありき。自分たちを蒼き狼の末裔と信じているやつらは、そのようなくだらぬ迷信を信じておるのだ」

その伝説は、湖白も生前、母から聞いたことがある。

白鹿族が自分たちの先祖を白鹿と信じているように、狼族もまた自分たちの先祖を蒼き狼と信じている。その伝説になぞらえて、過去には白鹿族と狼族の間でさかんに婚姻が繰り返されてきたらしい。

だが、争い事を好まない穏やかな気性の白鹿族と、好戦的で血気盛んな狼族は、次第に疎遠となり、その慣例はいつしか途絶えてしまった。

だから、狼族がいまさら白鹿族の唯一の生き残りである花琳の存在を嗅《か》ぎつけて、身柄を要求してくるなんて、思いもしなかったのだ。

「兄上、どうかお許しください。花琳はまだ五歳です。とても他国に嫁げる年ではありません」

湖白は震える声で懸命に兄に訴えた。

狼族といえば、残虐非道な戦いぶりで知られる草原の覇者だ。

ほんの数十年前までは、金国の北方に広がる草原に住まう遊牧民族の一つに過ぎなかったが、近年の版図《はんと》拡大はめざましく、頻繁に他国に攻め入っては略奪の限りを尽くしていると聞く。

そして、狼族が攻め入った国の民は、もれなく皆殺しにされる。

その話を李鵜からあらかじめ聞かされていたので、先月狼族がついに金国の首都に攻め入ってきたとき、湖白は恐ろしくて、花琳をきつく抱きしめながら幾晩も眠れない夜を過ごした。

だから、宰相の決死の交渉により、狼族と和睦が結ばれることとなったと知ったとき、湖白は心から安堵《あんど》したのだが、まさか狼族の出してきた和睦の条件が、花琳の嫁入りであっただなんて。

「年齢など構わぬだろう。やつらは白鹿族であることにこだわっていたようだから」

「ですが、なにも凶暴な狼族に嫁がせなくとも」

湖白は兄に必死に訴え続けた。兄の怒りを買い、再び打擲《ちょうちゃく》されるのも覚悟の上だ。

なんとしてでも、恐ろしい狼族のもとへ花琳を嫁がせることだけは阻止しなくては。

花琳も年頃になれば、政略結婚の道具として、いずれどこかの国へ嫁がされるだろうことは覚悟していた。

けれど、あまりにも時期が早すぎるし、その相手が狼族だなんて、花琳が哀《あわ》れすぎる。

「お願いです、兄上。僕にできることだったらなんでもします。ですから、花琳は、花琳だけは、どうかお見逃しください」

湖白は兄の足元の床に両手をついて、深く土下座した。

花琳を守るためだったら、なんでもする。

角を差し出せと言われたらすぐに差し出す。自分が花琳の身代わりにできることがあれば、なんだって。だから――。

「ならば、代わりにお前が嫁ぐか？　湖白」

「え……？」

しばらく沈黙が落ちたあと、兄から問いかけられた言葉に、湖白ははっと顔をあげた。

「そうだ。なにも馬鹿正直に白鹿族の娘を差し出す必要はあるまい。蛮族には男嫁がお似合いだ。余が与えてやった偽りの花嫁をせいぜい丁重にもてなせばいい」

兄は自分が思いついた代案がいたく気に入ったようだった。

宰相を傍らに呼んで、誇らしげにでっぷりと肥えた腹を揺らして笑う。

「どうだ、宰相。妙案だとは思わんか？」

「陛下。しかし、それでは……」

「構わん。万が一、あの蛮族どもが男嫁では不服だと申してきた場合は、今度こそ約束通りこやつの妹をくれてやればいい。なにごとにも手違いというのはつきものではないか」

「はぁ……」

上機嫌な兄の隣で宰相が浮かない顔をしている。湖白を花嫁として狼族に差し出すことで、狼族の機嫌を損ねないかを心配しているのだろう。

「余から男嫁を遣わされたと知ったら、あの蛮族どもめ、どんな顔をするか。今から楽しみだ」

狼族に再度攻め入られれば、金国は今度こそ滅ぼされてしまうかもしれないのに、兄一人だけが悲しいほど状況を読めていない。

しかし、今は兄のその愚鈍さがありがたくもあった。

「よいな、湖白」

「はっ、はい」

湖白は再び床にひれ伏した。

思わぬ方向に話が進んでしまったが、花琳の輿入《こしい》れを避けられただけでも十分だ。

兄の気が変わらぬうちに、早く約束を取りつけなくては。

「私の身勝手な願いをお聞き入れいただきまして、ありがとうございます。不肖《ふしょう》の身ではありますが、誠心誠意お役目を果たして参ります」

懸命に取り繕っていても、声が震える。

凶暴な狼族のもとへ、男の身で嫁ぐなんて。死にに行けと言われているようなものだ。

けれど、これ以外に花琳を守る方法がないのであれば、覚悟を決めるしかないだろう。

「そうと決まれば、すぐに出立《しゅったつ》の準備をさせよう。ああ、それと、出立の前にこの者の頭に生えている角はすべて切り取って、余のもとへ置いていくように」

兄は医師たちにそう言い残すと、大勢の侍従たちを引き連れて小部屋を出ていった。

＊

李鵜の肩を借りて、ふらつく足取りで湖白が楼閣に戻ってきたのは、夜明けすぎのことだった。

切り落とされたばかりの角の根本がじくじくと痛む。

角袋の大部分を削ったばかりなのに、兄の命令により、湖白の角は地肌が露出するほど深く根本から切断されてしまった。

普段だったら、一ヶ月経《た》ったらまた角が採取できるように、ここまで深く角を切らない。真っ赤に染まった傷口は、部屋まで迎えに来てくれた李鵜を絶句させるほど痛々しかったようだ。見かねた李鵜が医師たちに必死に頼み込んで痛み止めの薬を処方してもらえなければ、今頃痛みに卒倒していたかもしれない。

「あにうえ、どうしたの？　おつのがないよ？」

寝台で眠っていた花琳は、角がなくなった湖白の頭を見て、驚いたようだった。

着古した寝間着姿のまま寝ぼけ瞼《まなこ》を擦《こす》って、湖白の身に起きた異変をよく見ようと寝台から起きあがる。

「陛下に切り落としていただいたんだ。城の外へ行くのに、角があったままでは目立つからね」

「あにうえ、おしろのそとへいくの？」

花琳がきょとんと首を傾《かし》げる。

物心ついてから一度も楼閣の部屋から出たことのない花琳にとって、外の世界というものはいまいち想像できないのだろう。

「花琳よく聞いて。僕はこれから狼族のもとに嫁ぐことになった」

一呼吸置いて、湖白は花琳の肩に両手を置いた。自分と同じ菫色の瞳を正面から覗き込む。

「おおかみぞく？　おおかみぞくってだれ？」

「金国の北に広がる草原に住む、強い強い部族だよ」

「あにうえ、およめにいっちゃうの？」

「そう。遠いところへね。だから花琳とは今日でお別れだ」

「おわかれ……」

そこまで説明すると、花琳はようやく湖白との別離を理解したようだった。

じわじわと顔が歪《ゆが》み、今にも泣き出しそうな表情になる。

「やだっ！　かりんもいく！　あにうえといっしょじゃなきゃ、や！」

花琳が小さな体で必死に湖白に抱きついてくる。

それを切ない気持ちで抱きとめながら、湖白は心を鬼にした。

「わがまま言わないで。これは花琳のためなんだよ」

「どうして？　あにうえ、かりんのことがきらいになったの？　かりん、いいこにするから、かりんもあにうえといっしょにつれていって」

花琳の大きな菫色の目から、ぽろぽろと涙が零《こぼ》れてくる。

湖白としても花琳を残して行くのは不安だ。できることなら一緒に連れていってやりたい。けれど、危険な狼族のもとへ行くより、多少の不便はあっても、住み慣れたこの楼閣の中で暮らすほうがましだろう。

「いっちゃいや！」

駄々をこね、大泣きする花琳の背をさすりながら、湖白も目尻にじわりと涙を浮かべた。この世でたった一人の可愛《かわい》い妹。本当ならこのままそばにいて、花琳が成長していく姿をこの目で見ていたかった。

「本当によいのですか、湖白様」

李鵜が控えめに問いかけてくる。李鵜には、小部屋まで迎えに来てくれたときに、兄から命じられた内容について大体の説明をしてある。

「……狼族のハーンなら、すでにハーレムに他部族から略奪した美姫たちがたくさんいるはずだ。だから、僕一人男が紛れ込んだとしても、もしかしたら見逃してくれるかもしれない」

「しかし、そのような甘い考えが通用するでしょうか。相手は残忍極まりない、あの狼族ですぞ」

李鵜は湖白が心配でならないようだった。

今からでも考え直すように、何度も口を酸っぱくして湖白を説得してくる。

「狼族であっても、人は人だ。僕が心からお仕えすれば、きっと許してくださるはず……」

李鵜を安心させたい一心で呟いた言葉は、湖白が胸に抱く淡い願望でもあった。

絶望的な状況でも少しぐらい希望はあると思わなければ、やっていられなかった。

花嫁として仕えることができなければ、下働きでも奴隷でもなんでもいい。狼族の集落に置いてもらうことさえできれば、表面上は和睦の条件を満たすことができる。

けれど、もしそれすらも、狼族に許してもらえなかったら？

最悪の事態を想定すると、全身がぶるりと震え、自然と花琳を抱きしめる腕に力が入った。

「もし僕がハーンのお気に召さなかったら、兄上は今度こそ花琳を花嫁として差し出すつもりでいらっしゃる。それでもハーンの怒りを解くことができなければ、狼族はすぐにこの城に攻め入ってくるだろう。そのときは、混乱に乗じて花琳を連れて逃げてほしい」

「はっ、もちろんでございます。しかし、それでは湖白様が……」

李鵜はそれ以上言葉に出せなかったようだ。

狼族の怒りを買えば、湖白は十中八九死ぬことになるだろう。

「僕のことは心配しなくていい。花琳を花嫁としておとなしく狼族へ差し出すよりかはずっとましだ」

湖白は花琳の頭を優しく撫で、やわらかなつむじに口づけた。

きっとこれが李鵜と花琳と過ごす最後の朝になるだろう。

湖白がいなくなったあと、花琳はしばらく淋《さび》しさに泣き続けるかもしれない。湖白に会いたいと言って、李鵜を困らせるかもしれない。

けれど、悲しみはいずれ風化する。

年の離れた兄がいたことは忘れて、花琳には幸せに生きていってほしい。

それだけが今の湖白の願いだった。

「李鵜。花琳を頼むね」

泣き疲れたのか、湖白の腕の中でうつらうつらとし始めた花琳を李鵜に託し、湖白は力なく微笑んだ。

「男……？　本当に男なのか？」

「大ハーンがおっしゃるなら間違いないだろう。それにしても、うまく化けたものだな」

湖白が男であると見抜いた大ハーンの一言をきっかけに、狼族の幕舎の中は騒然とした雰囲気に包まれていた。

狼の耳と尻尾を生やした男たちは定位置に座ったまま遠巻きに観察してくるのみだが、完全な獣の姿となっている狼たちは遠慮なく湖白の周囲にやってきて、しきりににおいを嗅いでくる。

「たしかに男だ。けど、旨《うま》そうなにおいがする。白鹿族っていうのは、男でも甘いにおいがするものなのか？」

その中でも年若そうな灰色の狼が、湖白の顔に今にもかじりつきそうな距離ですんすんと鼻を鳴らしている。

鹿の角は、花蝶《かちょう》を象《かたど》った金色の飾りがついた帽子を被り隠しているけれど、狼族の鼻は湖白の性別ばかりか、白鹿族特有のにおいまで嗅ぎ分けているのだろうか。

狼の口からちらちらと見える尖った牙が怖くて、湖白が肩を竦めていると、「その辺にしておけ」と玉座に座るハーンが呆《あき》れたような声で狼を制止した。

それを合図に、狼たちは渋々といった様子で元いた位置に戻っていく。

「湖白といったな。そなた、なにが目的で我が部族に参った」

先ほど白い狼姿の大ハーンから訊《き》かれたことを、ハーンは改めて湖白に尋ねてくる。

当の大ハーンは、湖白が男だと皆に知らせたことで自分の役目は終えたとばかりに、再びハーンの右隣の床に腹這いになり、静かに目を伏せていた。

「我々の兵力をもってすれば、金国の都を焼き払うことなど容易であったのだぞ。金国に今は亡き白鹿族の娘がいると聞いたから、和睦の条件を飲んだのだ。それなのに、男を花嫁として差し出してくるとは……金国とそなたの目的はなんだ？」

ハーンは湖白が男だと知っても驚いた様子がなく、無表情を崩さない。

しかし鋭く眇められた青い瞳は、湖白の回答次第では、いつでも金国を焼き払う準備はできていると暗に告げているような気がした。

「ハーンにお仕えするために」

ここが正念場だと覚悟を決め、湖白は勇気を奮い立たせた。

一世一代の嘘《うそ》をつく。

「和睦の条件としてご指名をいただきました白鹿族の娘は、金国におりません。金国にいる白鹿族の末裔は私一人のみです。ですから、私がまいりました。男の私では力不足かもしれませんが、ハーンのお召しとあらば、どんなことでもいたします。つ、妻として、生涯恭《うやうや》しくお仕えいたします。ですから都に攻め入るのだけは、どうかお許しください」

震える声を懸命に絞り、湖白は深々と頭を下げた。

金国を出立する際に、花琳の存在は伏せておこうと決めていた。もし狼族に花琳の存在を知られれば、自分が身代わりで嫁いできた意味がなくなってしまう。

「金国に白鹿族の娘がいない？　俺が聞いていた話と違うぞ？」

さきほどハーンにトゥルイと呼ばれた若者が首を捻《ひね》っている。彼が実際に、金国と和睦の交渉を行った将軍だったのかもしれない。

すると、トゥルイの隣に座っていたそばかす顔をした小柄な男が、激昂《げっこう》した様子で立ち上がった。

「よくもぬけぬけと。我々を愚弄《ぐろう》しているのか！」

幕舎に轟《とどろ》く大声に、湖白はびくりと全身を震わせた。

「今すぐ斬《き》って捨てようか！　それとも、かつて金国が我々の同胞にしたように、木の驢馬《ろば》に釘《くぎ》づけにし、生きながら皮を剝ぎ、その体をこま切れにしてやろうか！」

そばかす顔の男は腰に携えていた刀を引き抜くと、幕舎の中央にやってきて、湖白の鼻にぴたりと刃先を当ててくる。

だが、湖白はなにも知らなかった。金国がそのような恐ろしい仕打ちを狼族に与えた過去があったなんて。

彼の言っていることは本当だろうか。

思わず縋るような視線がハーンのもとへ向いた。

(助けて……)

怖い。このままでは本当に殺されてしまうかもしれない。

この幕舎の中で、唯一狼の耳が生えていない彼なら。湖白を気遣う言葉を何度かかけてくれた彼なら、どうにかこの場を収めてくれないだろうか。

ハーンを見つめる目に涙が込みあげ、体がぶるぶると震えた。

湖白としばらく見つめ合ったあと、ハーンは玉座に頬杖《ほおづえ》をついた体勢のまま、大きくため息をついた。

「よせ、チャガタイ。よい。その者は俺のオルドに入れる」

右手を挙げ、ハーンは湖白の顔に刀を突きつけている男の動きを止めた。

ハーンの隣で伏せていた白狼が驚いたように一瞬だけ目を開く。

「なにをおっしゃいますか、兄上! 我々を謀った不届者をこのまま群れに迎え入れるなど」

チャガタイと呼ばれたそばかすの男も、トゥルイと同じくハーンの弟だったようだ。

兄弟ゆえの気安さからか、チャガタイはハーンに面と向かって異議を唱えている。

「不届者というなら俺も同じだろう」

ハーンは弟を軽く睨むと、玉座から立ちあがった。

そして幕舎の中央まで歩いてくると、チャガタイの刀を鞘《さや》に収めさせ、ハーンは湖白の手を取った。

「この年になっても狼になりきれぬ半端者の俺には、男嫁がお似合いだ」

（え……？）

このとき、ハーンがどんな顔でそれを呟いたのかは、光の影になって湖白の位置からはよく見えなかった。

狼になりきれぬ半端者とは、いったいどういう意味だろう。

しかし、尋ねる暇もなく、ハーンに手を引かれ、湖白は強引に幕舎の外へと連れ出されてしまった。

＊

幕舎の天井から吊るされた橙《だいだいいろ》色のランプの周りを、ジ、ジ、と黒い蛾《が》が飛んでいる。

殺伐とした会議を抜け出て、湖白が連れてこられたのは、集落の外れに位置する幕舎だった。会議が行われていた幕舎より一回り小さい。どうやらハーンは普段ここに一人で住んでいるようだ。

ハーンは腰に差していた刀を寝台の枕元《まくらもと》に置くと、どかりと寝台に腰かけ、先のそり返ったブーツを脱ぎ始める。

そして、幕舎の中央で棒立ちになっている湖白に構うことなく、青い民族衣装の釦《ボタン》を外し、腰帯も解いてどんどん軽装になっていく。

「あ、あの、助けてくださってありがとうございました。ハーン様」

ハーンがこのまま寝るつもりだと気づいた湖白は慌てて礼を言った。

あのとき、ハーンが庇《かば》ってくれなければ、自分は今頃彼の弟に斬り殺されていたかもしれないと思うと、感謝してもしきれない。

「ジュチでいい」

敬称で呼ばれることを嫌っているのか、ハーンはぶっきらぼうに自分の名前を名乗る。

「……ジュチ様」

舌の上で命の恩人の名前を転がしながら、湖白はじんわりと感傷に浸った。

初めて見たときは怖いと思ったが、もしかしたら本当はいい人なのかもしれない。

ハーン――ジュチは相変わらずの無表情で湖白を一瞥すると、彼が座っている寝台の上を掌《てのひら》で叩いた。

「なにを突っ立っている。お前もここに座れ」

「は、はい。失礼します」

湖白は命令に従い、遠慮がちに寝台の端に腰かけた。

なるべくジュチの邪魔にならないよう、かさばる花嫁衣装の布地をぎゅっとかき寄せて、体を小さく丸める。

とりあえず殺されることは免れたようだけど、これから自分はいったいどうなるのだろう。不安な気持ちを抱えたまま、湖白がちらちらと隣の様子を窺っていると、ジュチはおもむろに湖白の体を寝台に仰向《あおむ》けに押し倒してきた。

ちょうど湖白の体の上にジュチの大きな体が覆い被さる体勢だ。

「……ジュチ様?　なにを」

湖白が不思議に思って問いかけると、ジュチは右手でそっと湖白の頬に触れてきた。

「先ほどの続きを聞かせてもらおうか」

「え?」

「俺はお前を助けたわけではない。勘違いするな。あのまま皆の前で尋問しても、お前は怖がるばかりでろくに喋れないだろうと思ったから、俺のオルドに連れてきたまでだ」

自分が性別を偽ったことを、ジュチは決して許していなかったのだと知り、湖白は恐怖に凍りついた。

「湖白と言ったな。お前はなにを隠している」

ジュチはそう言うと、湖白の頬に置いていた手をゆっくり喉《のど》へとずらしていく。

片手でいとも簡単に摑まれた細い首は、ジュチがその気になれば、すぐに折られてしまうだろう。

「なぜすぐにばれるとわかっていながら、男の身で嫁いできた。俺たちに殺されることも覚悟であったのだろう。お前はいったいなにを庇っている?」

ジュチが深く眉間に皺を寄せ、湖白の真意を探るように顔を近づけてくる。

どうしよう。怖い。こんなに間近に顔を覗き込まれては、湖白の慣れない嘘など一発で見抜かれてしまいそうだ。

けれど、どれだけ尋問されようと、花琳の身代わりで嫁いできたことだけは隠し通さなければ。

「な、なにも隠しても、庇ってもおりません。僕、いえ、私はハーンにお仕えするために……」

恐怖で喉が引《ひ》き攣《つ》り、狼族へ嫁いでくる道中、何度も練習した台詞《せりふ》がうまく出てこない。

「……見かけによらず強情だな。どうしても口を割らぬつもりか?」

「え? あ……」

ジュチの手が喉から離れ安堵したのも束《つか》の間《ま》、今度は湖白の着ている花嫁衣装の裾《すそ》から中に忍び込み、太腿《ふともも》を直《じか》に撫でてきたものだから、湖白は驚いた。

「な……なにをするんですか?」

「なにをって、決まっているだろう。ここは俺のオルドだ」

「ジュチ様、あの……オルドって」

いったいなんのことかと湖白が視線で問いかけると、ジュチは呆れたように小さくため息をついた。

「オルドとは後宮のことだ。ハーンの后《きさき》が住む幕舎そのものと、それに付属する家畜や財産を含めてオルドと呼ぶ。今まで俺のオルドは空だったが、お前をオルドに迎え入れたからには、花嫁としての責務を果たしてもらおうか」

花嫁の責務という言葉に、湖白の喉はひく、と震えた。

ジュチの言う通り、ここが彼の後宮であるならば、花嫁として迎えられた自分が寝台ですべきことは一つだからだ。

「今から俺とつがう準備をお前の体に施す。やめてほしければ、嫁いできた理由を素直に言うんだな」

「つ、つがうって……」

「男同士でつがう場合は、女性器の代わりに後ろの穴を使う。男の身で嫁いできたのだから、当然知ってるものと思っていたがな。誰にも習ってこなかったのか？」

ジュチに問われ、湖白は何度も頷いた。

湖白の乏しい性知識でも、後宮に住まう女性たちが皇帝に夜伽《よとぎ》——体を使った奉仕を行っていることぐらいは知っている。

後宮に抱える女性の多さは、王の権力の象徴でもある。草原の部族は特にその傾向が強く、日常的に他部族から女性を奪い合っていると聞く。

だから、てっきり狼族のハーンの後宮には、すでに数えきれないほどの美姫たちがひしめき合っているものだとばかり。

その中に、仮に男の自分が混ざったとしても、狼族のハーンはきっと自分に見向きもしないだろうと湖白は考えていた。

しかし、ジュチのオルドには湖白以外誰もいない。これは大きな誤算だった。

まさか自分が本当に花嫁として、ジュチに抱かれることになるなんて。

ジュチの命令であればどんなことでもすると誓ったけれど、いざ寝台の上に押し倒されると恐怖で体が竦む。

「ここを触られるのは初めてか?」

ジュチの手が湖白の臀部《でんぶ》をまさぐり、固く閉じた蕾《つぼみ》に直に触れてくる。

湖白は両目をぎゅっと瞑《つぶ》り、無言で頷くことしかできなかった。

そんな体の中でも一番汚いところを、ジュチのような美丈夫に触られるなんて、恥ずかしさに憤死してしまいそうだ。

それに、男同士は後孔《こうこう》でつがうのだと言われても、ジュチと湖白では体格が違いすぎる。

きっと一物もとても大きいのだろう。

湖白はうっすらと目を開け、ジュチが穿《は》いている生成《きな》り色の下衣の膨らみをこわごわ見つめた。

平常時でさえ、少し盛りあがっているように見えるそこが勃起《ぼっき》したら、どれほどの大きさになるのだろう。想像するだけで眩暈《めまい》がする。

「ゆ、許してください……そこは、無理です。ハーンのものはとても……入りません」

不敬を承知で湖白は願い出た。

「試してみなければ、わからないだろう」

しかし、ジュチはそう言って、湖白の入り口の襞《ひだ》を撫でていた指先を、ぐっと中に押し込んでくる。

なんの滑《ぬめ》りも帯びていない乾いた指は、湖白の体内を容赦なく抉《えぐ》り、湖白にひりつくような痛みをもたらした。

「やっ、い、痛い……」

「まだ一本入れただけだ。抜いてほしければ、素直に我が部族にやってきた理由を言うことだな」

ジュチは機械的に指先を動かしながら、またしても湖白を脅してくる。

「ふっ……う、っう……」

体の中を暴かれるのは怖い。恥ずかしいし辛いけれど、湖白はジュチの脅しに屈服するわけにはいかなった。

湖白が頑として口を割ろうとしないのを見て、ジュチは小さくため息をつく。

「強情なやつめ。これでもまだ言う気になれないか？」

するとジュチは指を二本に増やして、今度は湖白の中を穿《うが》つ角度をぐるりと変えてきた。

途端に体の奥から電流のような痺《しび》れが走り、湖白は「ひっ」と息を詰めた。

「な、なに？」

反射的に自分に覆い被さるジュチの腕を摑んでしまう。

びくびくと太腿が震え、感じてもいないのに前がむくりと勃ちあがったのがわかった。

普段はどうしても体が火照《ほて》った夜でなければ、滅多に自分でも慰めない場所だ。

自分の体なのに自分で制御できない奇妙な感覚。

湖白が戸惑っていると、湖白の反応を興味深そうに眺めていたジュチが、落ち着き払った声で説明してくれた。

「男の体の中にある性感帯だ。昔、盟友《アンダ》の誓いを交わした黒豹《くろひょう》族の男が男色趣味でな。ことあるごとに俺に余計な知識を吹き込んでくるものだから、当時は辟易《へきえき》としていたものだが……まさかこのような形で活用できる機会が訪れるとは思わなかった」

「あっ……」

「痛みには耐えられても、この快感には耐えられぬだろう」

ジュチの指が狙いすまして、湖白の中の感じるところをさらに強く刺激してくる。

そのたびに全身が震え、だらだらと溢れる先走りが止められない。

「だめ……だめ、です……ジュチ様、やめ……」

初めて知るこの強烈な感覚が、快感なのかはわからない。

ひりひりと灼《や》けつくような強すぎる刺激は、湖白にとってただ辛いだけだ。

「やめてほしいならば、早く降参したほうがいいのではないか？」

「あ、あっ……はっ……」

「言わぬなら、このまま最後までするぞ」

ジュチは一旦《いったん》湖白の中から指を引き抜くと、今度は代わりになにか硬いものを湖白の入り口に宛《あて》がってきた。

いつの間に下衣の帯を解いたのか、ジュチは局所だけを露出している。

想像していた通り、太く猛々《たけだけ》しい雄の象徴だ。

これを突き入れられたら、自分の体は裂けてしまうかもしれない。

万が一、受け入れることができたとしても、先ほど指であれだけ強烈な感覚を覚えた場所を、この禍々《まがまが》しい凶器で直接突かれたら、自分はきっと壊れてしまう。

怖くてたまらず、ついに涙腺《るいせん》が決壊し、我慢していた涙がぼろぼろと零れた。

「……っ、ひ、く……ぅっ、ぅ……」

許してください。もう無理です。やめて——

素直にそう言えたら、どれだけ楽になるだろう。

けれど、湖白にジュチのすることを拒む権利はない。

どんなに辛いことでも我慢して、花琳の代わりに花嫁としての責務を果たさなければ。

そう思うのに、一度流した涙は次から次に溢れてきて、湖白の視界を霞《かす》ませる。

「ご、ごめん……なさい……なんでもするって、僕……言ったのに」

湖白が泣きじゃくっていると、ジュチは小さく舌打ちをした。

「泣くな」

そして、思いがけず優しい手つきで逞《たくま》しい胸元に頭を抱き寄せられる。

（あ……）

まさか挿入直前で止めてくれるとは思わず、湖白は驚いてジュチの顔を仰ぎ見た。

涙の滲《にじ》む視界で見たジュチの表情は、ばつが悪そうに曇っている。

「泣くほど嫌ならば、最初からそう言えばいいだろう。なぜそこまで意地を張る。国のためか？」

どうやらジュチは最初から本気で湖白を抱くつもりはなかったようだ。

改めて湖白の真意を探ってくるジュチの眼差《まなざ》しは、先ほどよりもずっと優しい。

発作を起こしたように激しく嗚咽《おえつ》を繰り返す湖白の背をジュチは黙って撫でてくれる。

（だめだ。泣いてばかりいないで、早くジュチ様の質問に答えなくちゃ……）

必死に目を擦り、気をしっかり持とうとするけれど、唇はわななくばかりでまるで役に立たない。

そんな湖白を、ジュチは持て余したような表情で黙って見守っている。

湖白の涙が落ち着くのを待ってくれているのかもしれない。

初めに感じた通り、ジュチはやはり悪い人ではなさそうだ。

湖白が素直に事情を話せば、もしかしたらわかってくれるだろうか。

いや、でもだめだ。

優しい人のように思えるけど、ジュチは凶暴な狼族のハーンなのだから。

湖白がぐずぐずと洟《はな》を啜《すす》っていると、ジュチは手持ち無沙汰《ぶたさ》に湖白の頭に手をやり、花蝶を象った金色の飾りがついた帽子を外してきた。

「なんだ、この傷は」

そこでジュチは初めて湖白の頭に生える角に気づいたようだった。

まだ治りきっていない真新しい傷口を見て、絶句している。

いつまでも隠し通せるとは思っていなかったので仕方ないが、鹿の角が生えているなんて、もしかしたら気味が悪いと思われたかもしれない。

「ここに来る前に、角を切ったばかりだったので」

「角?」

「白鹿族の男子には角が生えるんです。鹿茸といって、生えたばかりの鹿の角は薬になるので、今までも定期的に兄上に献上してきました」

湖白は懸命に嗚咽を堪《こら》えて、ジュチに説明した。

「でも、最近僕の角は効き目が薄くなってしまったようで、兄上はもう必要ないとおっしゃられて」

「だから最後に採取するだけ採取して、お前を捨てたと言うのか? 身勝手な」

ジュチが憤った様子で声を尖らせる。

狼族にも獣の耳が生えているので、湖白の頭に鹿の角が生えていることはごく自然に理解してくれたようだが、ジュチは兄の仕打ちが納得できないようだった。

「金国では、誰もお前を守る者はいなかったのか? お前の母はどうした? 白鹿族の起こした反乱のあとも、お前たち母子は罪に問われず、金国で生き延びたのであろう?」

さも当然のようにジュチに問われ、懐かしい母の面影が湖白の頭によぎる。

絹糸のように艶《つや》やかな長い白髪と、湖白似の大きな丸い目をした、美しく儚《はかな》い人だった。父に愛されない湖白の身の上を嘆いて、いつも悲しげな表情をしていたのを覚えている。

湖白が目を伏せ、首を横に振ると、ジュチの表情が怪訝《けげん》に曇った。

「なぜ怒らぬ。……怒れぬのか？　今までいったいなにがあった。もう無理に抱いたりはしないから、話してみろ」

ジュチの大きな手がそっと湖白の頬に触れてくる。

先ほどまでの荒っぽい手つきとは対照的に、今度は壊れ物でも扱うような優しい手つきだ。

ジュチが本気で労《いたわ》ってくれているような気がして、湖白の胸は詰まった。

この人になら、少しだけ本当のことを話しても大丈夫だろうか。

「母は幽閉生活で体を壊して、五年前に死にました。父もそのあとを追うようにして間もなく……」

湖白は今までの金国での暮らしを、慎重に言葉を選びながらジュチに説明した。

鹿の角が生えていることで、ずっと父から疎まれ続けていたこと。

白鹿族の反乱のあと、楼閣に閉じ込められて、不自由な暮らしをしていたこと。時折、兄に折檻《せっかん》を受けていたこと。

花琳の存在だけは伏せて、湖白はジュチにできるだけありのままを語った。

時々、当時の辛い気持ちを思い出し、つっかえつっかえになってしまう湖白の言葉を、ジュチは急《せ》かすこともなく、黙って聞いてくれる。

「兄上をどうか責めないでください。僕が今まで生きてこられたのは、兄上が僕の角に利用価値があると認めてくださっていたおかげなんです。父上でさえ触れるのを嫌がった僕の角に、兄上は価値をくれた。鹿の角が生えた気味の悪い僕でも、定期的に角さえ献上すれば、後宮の片隅で生きていてもいいとおっしゃってくださったんです。だから……」

最後のほうは涙で声が掠《かす》れた。

「もうよい。それ以上は話すな」

ジュチの腕の中にさらに力強く抱き込まれる。

途中で言葉を遮られても、嫌な気分にはならなかった。

「お前は今までとても辛い思いをしてきたのだな」

優しく頭を撫でられる。

頭を撫でられるなんて、子どものとき以来だ。

たったそれだけの接触で、涙腺が壊れてしまったかのように、次から次に涙が込みあげてきて、止まらない。

自分はいったいどうしたのだろう。

相手は残虐非道と恐れられる狼族のハーンだ。

けれど、とてもそうとは思えないほど、ジュチの手は優しくて、温かい。

ジュチに同情されて初めて、湖白は自分の境遇が辛いものであったことに気がついた。

今までは花琳を守るために毎日が必死で、自分の置かれた環境が幸か不幸かなんて、考える暇もなかった。

いや、どちらかと言えば、無意識に考えないようにしていたのかもしれない。

自分は不運だけれど、不幸だとは認めたくなかった。

認めたら最後、瀬戸際で踏ん張っていた気持ちが、がらがらと音を立てて崩れていってしまいそうで怖かったのだ。

「俺のオルドに入ったからには、そのように辛い思いはさせない。これからは俺がお前の家族だ。お前にとっては不本意な輿入れだったかもしれないが、我が部族にやってきてよかったと感じてもらえるよう、最善を尽くそう」

ジュチが静かな声で湖白にはもったいないほどの言葉をかけてくれる。

金国を出たときから、最悪の場合、狼族に殺されることも覚悟していた。よくて下働きや奴隷として一生扱われるだろうと。

それなのに、ジュチは一族の反対を押しきり湖白をオルドに迎え入れたばかりか、家族になろうと言ってくれる。

こんなに優しい人、今まで見たことがない。

「ごめ……なさい。ごめんなさい。ジュチ様のこと騙してて、僕……」

湖白の目から流れ落ちる涙を指先で拭いながら、ジュチは真摯《しんし》な表情で湖白に謝ってくる。

「俺こそ先ほどは悪かった。お前の本意を知りたいあまり、無理に聞き出そうとして、少し意地悪がすぎた」

まさかジュチのほうから謝られるとは思わず、湖白は目を丸くした。

狼族のハーンともあろう男が、ちっとも驕《おご》った様子を見せず、湖白に誠実に向き合ってくれる。

「今日はもうなにもしないから、このまま寝ろ」

ジュチは湖白を抱き枕代わりに腕に抱き込むと、目を閉じ、まるで子どもをあやすように湖白の頭をぽんぽんと撫でてきた。

本当になにもせずこのまま寝るつもりらしい。

花嫁の責務として求められたことは、なにひとつ果たせていないのに、ジュチはそれでも構わないと言ってくれる。

それればかりか、自分はまだジュチに隠していることがあるというのに——。

湖白はごくりと唾《つば》を呑んだ。

ジュチになら、話しても大丈夫だろうか。

湖白が一番大事にしている、花琳のことを。

きっと正直に告げても、ジュチならば花琳に無体を働くことはなさそうだ。

ジュチとは今日初めて出会ったばかりで、確証はないけれど、ジュチが見せてくれた誠意に、自分もちゃんと応《こた》えたいと湖白は思った。

「ほ、本当は、妹がいるんです。まだ五歳になったばかりの……」

しばらく迷ったあと、湖白は思いきって口を開いた。

「でも幼い妹を他国に嫁がせるのは可哀想《かわいそう》で、代わりに僕が……」

「そうか」

湖白の決死の告白に対し、ジュチが呟いた言葉はたったそれだけだった。

あまりにあっけない反応に、湖白は拍子抜けしてしまう。

もしかしたら、湖白が誰かの身代わりに嫁いできたことは、ジュチの想定内だったのかもしれない。

「名はなんと言う」

目を閉じたまま、ジュチが問いかけてくる。

形のいい唇がゆっくりと動く姿に、湖白はしばし見惚《みと》れた。

ジュチへの恐怖心が薄らいだら、美しく整った顔がよりはっきりと感じられて、彼の腕の中に収まっているのがなんだか恥ずかしくなってしまう。

「花琳といいます」

湖白が花琳の名を教えると、

「お前の妹なら、さぞ可愛いのだろうな」

ジュチはそう言って、口元をわずかにゆるめたように見えた。

三.

翌朝、目覚めると寝台の上にジュチの姿がなかった。

昨夜派手に泣いたせいか、瞼《まぶた》が腫《は》れぼったい。けれど、長年我慢して心の中に溜《た》め込んでいた気持ちを吐き出したおかげか、湖白の気分は少しだけすっきりしていた。

(ジュチ様にお礼を言わなきゃ……)

湖白は目を擦りながら、寝台から起きあがった。

着崩れた花嫁衣装の乱れを直し、誰もいない幕舎の中を心細く見渡す。

ジュチはどこに行ったのだろう。

と、幕舎の入り口の布が開かれ、眩《まぶ》しい明かりとともに、緑色の民族衣装《デール》に身を包んだ一人の少年が入ってきた。

「あ、おはようございます！　湖白様」

年は十歳前後だろうか。

耳の上で短く刈り揃《そろ》えた黒髪と、明るい笑顔が印象的な溌剌《はつらつ》とした少年だ。

「僕はバトゥといいます。ジュチ様から湖白様のお世話をするように仰せつかりました」

そう言って、バトゥは湖白にぺこりと頭を下げる。

ジュチと同様、彼の頭にも狼の耳は生えていない。狼族は子どものときから耳が生えているのかと思ったが違うようだ。

「あ……はじめまして。湖白といいます。これからお世話になります」

湖白が慌てて挨拶《あいさつ》を返すと、

「湖白様、僕には敬語を使わなくていいですよ。楽にしていいてください」

と言って、バトゥは気さくに笑った。

「それにしても驚きました。ジュチ様がオルドに奥方様を迎えられるなんて」

バトゥはにこにこと微笑みながら、お盆の上にのせて運んできた料理を、幕舎の中央に置かれた卓子の上に並べ始める。

「朝食を用意してきましたが、食べられそうですか？」

バトゥに尋ねられ、湖白はそういえば狼族の集落にやってきてから、まだなにも口にしていないことに気づいた。

朝食からは白い湯気とともに、おいしそうなにおいが漂ってくる。思わずお腹《なか》が鳴った。

「食べてもいいのかな？」

「もちろんです。どうぞこちらに座ってください」

遠慮がちに申し出ると、バトゥは湖白に椅子を勧めた。そして、自分も湖白の正面に腰かけ、見慣れぬ料理を一つずつ湖白に説明してくれる。

「これは果子《グオズ》といって、僕たちがよく朝食に食べるものです。奶茶《ナイチャー》も一緒に飲むと美味《おい》しいですよ」

果子は小麦粉を油で揚げた、砂糖天麩羅《ドーナツ》のようなものだろうか。食べてみると、思っていたより甘さは控えめで少し硬い。けれど、飽きがこずとても食べやすかった。

バトゥに勧められるまま、次は大きな茶碗《ちゃわん》に注がれた温かい奶茶を啜ってみる。燻《いぶ》したような香りがする赤いお茶に、牛の乳と香辛料を混ぜた飲み物のようだ。少ししょっぱいが、果子によく合っていて美味しかった。

こんなにちゃんとした食事を口にしたのは、いつ以来だろうか。

花琳がまだ生まれる前の、楼閣が多くの使用人たちの手によってまだ美しく手入れされていた頃だ。

楼閣に幽閉されるようになってからは、一日に二回、李鵜が遠く離れた厨房《ちゅうぼう》から運んできてくれる、使用人用の冷めた食事だけが、湖白と花琳の口に入るものだった。

それも李鵜が厨房で働く女官に必死に頼み込んで、どうにか一人か二人分。それを三人でいつも分け合っていたので、湖白はここ数年間、満腹になるまで食べた記憶がない。

「ありがとう。美味しいよ」

まさか狼族の集落でこんなに美味しい食事にありつけると思わず、目尻に涙が浮かんでしまう。

それを隠すために、湖白が意識的に微笑むと、バトゥはぱぁっと表情を輝かせた。

「本当ですか？　よかったら、包子《バオズ》も食べてください。羊の挽《ひ》き肉《にく》を包んだ蒸し餃子《ギョウザ》です。湖白様にたくさん召しあがっていただきたくて、張りきって少し作りすぎちゃったんですけど」

「すごいね。これ全部、バトゥが作ったの？」

「はい。最初は近くの幕舎に住む奥様たちに教えてもらいながらでしたけど。ジュチ様に喜んでいただきたいので、がんばって覚えました」

湖白に褒められたことがよほど嬉しかったのか、バトゥは民族衣装《デール》の袖をもじもじと弄《いじ》りながら、はにかんでいる。

けれど、狼族のハーンの食事を子どもが一人で用意しているとは、いったいどういうことなのだろう。

「普段は、バトゥが一人でジュチ様のお世話をしているの？」

不思議に思って湖白が尋ねると、バトゥは誇らしげに胸を張った。

「はい。ジュチ様はお人嫌いなので、狼族の群れの中でジュチ様のお世話ができるのは僕だけなんです」

「人嫌い……」

湖白の表情が曇ったことに気づいたバトゥが慌てて言葉を継いでくる。

「あ、でも誤解しないでくださいね、湖白様。ジュチ様は無愛想だけれど、本当はとても優しい方なんです。自分にも他人にも厳しいだけで」

「うん。それはわかる気がするよ」

湖白は静かに頷いた。

ジュチと知り合ってまだ一日しか経っていないが、昨夜、自分を優しく抱きしめて寝かしつけてくれたジュチの手のぬくもりを、湖白はまだ覚えている。

年甲斐《としがい》もなく子どものように泣いたりして、迷惑だったはずなのに、ジュチは湖白を責めることなく、湖白の話を最後まで聞いてくれた。

「僕の両親は、僕が小さい頃に黒豹族との戦で亡くなりました。そのあと、孤児になった僕を拾って、ここまで育ててくださったのがジュチ様なんです」

「そうなんだ」

バトゥの話を聞きながら、湖白は少ししんみりとした気持ちになる。

部族間での戦いが日常的に行われている草原での暮らしがどんなものか、湖白にはまだよくわからないけれど、ジュチが行く宛てのない自分をオルドに迎え入れてくれたのは、きっとバトゥを拾ったときと同じような気持ちだったのだろう。

「ジュチ様は今どちらに？」

朝食を食べ終えると、湖白は無性にジュチに会いたくなり、バトゥに尋ねた。

「今朝《けさ》早くに馬を駆って、トゥルイ様たちと一緒に集落を出ていかれました。急なご出立だったので、行き先は僕も知らなくて……。狩りか見回りか、もしかしたら他部族との集《つど》いに急に招かれたのかもしれません」

バトゥが申し訳なさそうに後ろ髪を掻《か》く。

ジュチに早く昨夜のお礼が言いたいと思っていたが、不在ならば仕方ない。

湖白ががっくりと肩を落としていると、バトゥが気を利かせてこんなことを提案してくれた。

「ジュチ様がお戻りになるまで、幕舎の中にいても退屈でしょう。よかったら外に出てみませんか？　集落の中をご案内します」

「……そうだね。ありがとう。お願いできるかな」

気を取り直し、湖白はありがたくバトゥの厚意を受けることにした。

バトゥが持ってきてくれた赤い民族衣装《デール》に着替え、角の傷を隠すため灰色の毛皮の帽子も被る。

外に出ると、どこまでも続く若緑色の草原の上に、よく晴れた青空が広がっていた。

遠くに見える山の稜線《りょうせん》以外、見渡す限り遮るもののない大平原だ。

強い秋風が吹き抜けて、幕舎の屋根につけられた白い旗が激しくはためいている。

「湖白様、こっちです。行きましょう」

被った帽子が強風に飛ばされないよう気をつけながら、湖白はバトゥのあとを追った。

集落の中に点在する白い幕舎は、ざっと数えただけで百、二百……いや、もっとあるだろうか。

狼族が草原の覇者として君臨してからは、狼族の庇護《ひご》を求めて移り住んできている部族も多いと聞くから、もしかしたら集落の人口は湖白が思っていたより多いのかもしれない。

集落の周囲には、牛や馬、そして羊といった家畜がたくさん放牧されていた。

ちょうど四角く囲った柵の中に羊を追い込んでいる最中なのか、灰色の毛を持つ狼たちがしきりに羊のあとを追いかけている。

「すごい羊の量だね。何頭いるのかな?」

眩しい直射日光を右手で遮りながら、のどかな光景に湖白が目を細めていると、バトゥが声を尖らせ教えてくれた。

「だめですよ、湖白様。遊牧民に家畜の数を聞くのは失礼に当たるんです。それに家畜の数を口にするのは縁起がよくないことなんですよ。正直に数を言うと、家畜はそれ以上増えなくなってしまうと言われていますから」

「そうなんだ。ごめんね」

どうやら狼族には、湖白の知らないしきたりがたくさんあるようだ。金国での暮らしとはまるで違う世界に戸惑うことも多いけれど、早く慣れなくてはと思う。

「去年の冬は特にゾドがひどかったから、これだけ羊が増えてくれて、みんなほっとしているところなんです」

「ゾド？」

「雪害のことです。夏に満足に牧草を食べられなかったせいで太れず、冬に餓死してしまう家畜があとを絶たなくて……。だから、温かい南の土地に移住することは、僕たちのかねてからの夢でした」

バトゥの説明を聞き、湖白は狼族がなぜ金国に攻め入ってきたのか、わかったような気がした。

狼族の住む草原より南に位置し、温暖な気候に恵まれた金国では、一つの土地に定住し農耕を行うことができる。

そのため狼族のように、限られた資源を求めて季節ごとに住まいを変える必要がない。

「大ハーン様やジュチ様が狼族の領土を広げてくださったおかげで、僕たちの生活はだいぶ楽になりました。今でもゾドで家畜は死ぬけれど、冬に狼族の仲間が凍《こご》え死ぬことはなくなった。ほかの部族から突然襲われることも少なくなって、自分たちが育てた羊が大きくなっていくのをこうして穏やかに見守ることができるようになった。とても幸せなことです」

木の柵に両手をつき、バトゥは草を食《は》んでいる羊の顔を嬉しそうに眺めている。

まだ子どもだと思っていたが、バトゥは今まで自分以上に苦労してきたのかもしれない。

大自然の中で、常に死が隣り合わせにある過酷な環境。その中で苦しむ仲間の暮らしを少しでも豊かにするため、狼族は他部族への侵攻と略奪を繰り返してきたのだろう。

そのたびに、他部族の民をもれなく皆殺しにして――。

（いや、でも、待てよ。狼族が戦のたびに他部族を虐殺しているというのは、李鵜から聞いた話だ。僕の目で実際に見たわけじゃない。ジュチ様やバトゥたちの仲間が、本当にそんなことをするかな……）

それに、戦のたびに他部族から金品を奪っているにしては、昨夜、最初に通された幕舎やジュチのオルドはとても質素な内装をしていた。

今朝出された食事や、着替えとして用意された民族衣装も、金国の後宮で見慣れた豪華な品々とは比べものにならない。

（僕……狼族のこと、誤解してたのかもしれない）

湖白がそう思い始めたときだった。

「あ、オゴタイ様！　チャガタイ様！」

バトゥが背後を振り返り、近くを通りかかった二人連れに大きく手を振る。どちらも狼の白い耳と尻尾をもった若い男だ。

右側に立っている背の高いほうの男が、手を振るバトゥに先に気づき、朗らかに話しかけてきた。

「やあ、バトゥ。集落の中を案内中なのかな？」

「はい。湖白様に早く僕たちの生活に慣れていただきたいと思いまして」

バトゥの返事に、男は「そうだね」と頷き、優しい笑みを浮かべる。

肩の位置で一つに結った長い銀髪と、涼やかな目元が知的な印象を受ける優男だ。

男は湖白に視線を向けると、おもむろに右手を差し出してきた。

「昨日は狼の姿でいたから、この格好で会うのは初めましてだね。僕はオゴタイといいます。ジュチ兄様の、上から二番目の弟だよ」

「あ、初めまして。湖白といいます」

湖白が握手を返すと、オゴタイの隣に立っていたそばかす顔の男が、不愉快そうに眉をひそめた。

「オゴタイ。挨拶をする必要などない。その者は性別を偽って嫁いできた男の花嫁だぞ」

彼はたしかチャガタイと言っただろうか。

昨夜、湖白の嫁入りに反対して、刀を突きつけてきた男だと思い出し、湖白はざっと血の気が引いていくのを感じた。

昨夜はジュチが守ってくれたけれど、今はいない。もしチャガタイに再び言いがかりをつけられたらどうしよう。

チャガタイの視線から逃れるように、湖白が顔を伏せると、チャガタイは苛立った様子で深くため息をついた。

「兄上もいったいなにを考えているんだ。男の花嫁を本気で自分のオルドに入れるなど」

「そういえば、狼になりきれぬ半端者の俺には男嫁がお似合いだ、なんて言っていたね。ジュチ兄様ったら、まだ気にしてるのかな。自分だけ狼の耳が生えていないこと。僕たちは誰も気にしてないのにね」

オゴタイが、ふふ、と口元だけで笑う。

彼らの体には狼族の証《あかし》である、立派な耳と尻尾が生えている。二人ともジュチの弟なのに、耳と尻尾のせいで、ジュチとはあまり似ていないような印象を受けてしまう。

もしオゴタイの言葉が本当ならば、ジュチは自分の意思で狼の耳と尻尾を隠しているわけではなく、もともと獣化できない性質だったのだろうか。

「俺たちがなにを言っても、兄上本人が自分はハーンにふさわしくないと思い込んでしまっているのだから、仕方ないだろう。兄上ほど武勇に優れ、常に冷静な判断をくだせる指導者は、ほかにいないと言うのに……困ったものだ」

チャガタイが両腕を組み、深いため息をつく。

「トゥルイが金国との和睦の条件として、わざわざ白鹿族の花嫁を指定したのは、兄上にハーンとしての自信をつけてもらおうと思ったからだ。過去に狼族を率いた偉大なるハーンのそばには必ず、始祖の伝説になぞらえて白鹿族の伴侶《はんりょ》がいたからな。それなのに金国のやつらめ。よりにもよって、男嫁など差し出してきよって」

チャガタイの口から吐き捨てるように呟かれた怨嗟《えんさ》の言葉に、湖白は小さな体をさらに縮こまらせた。

湖白の事情を理解したジュチは湖白を許してくれたけれど、チャガタイの怒りはまだ収まっていないようだ。二人にも同じ内容を説明すべきか少し迷う。けれど、ジュチ以外の人に花琳の存在を教えるのは、まだ少し怖い。

「申し訳ございません。僕……」

とにかく今は誠心誠意謝るしかないと考え、湖白が口を開きかけた、そのときだった。

「チャガタイ様！　湖白様を責めないでください！　湖白様をオルドに迎え入れると決めたのはジュチ様ですよ！」

バトゥが湖白を庇って、チャガタイとの話に割って入ってくる。ジュチに湖白の身の回りの世話を任された立場として、黙っていられなかったのかもしれない。

「バトゥ……」

バトゥの思いがけない行動に、湖白は胸を熱くした。

すると今度は、オゴタイもバトゥの意見に同調してくれた。

「バトゥの言う通りだよ。ハーンである兄様が決めたことに、僕たちが口を挟んでも仕方ない。ジュチ兄様にも、なにかしらお考えがあったのだろう」

「しかし……」

「正直、僕は少し面白いと思っているんだ。生涯伴侶を娶《めと》らないと公言していた、あの偏屈者のジュチ兄様が、初対面でこの子を気に入って、オルドに置いているのだろう？　それってすごいことだと思わないか？」

オゴタイがくすくすと笑いながら、しかめ面をしたままのチャガタイの肩を叩く。

「……オゴタイ。お前は兄上をからかって遊ぶつもりなのか？」

「まさか。僕は心からジュチ兄様の幸せを願っているよ。ジュチ兄様が愛せるなら、べつに男の花嫁でもいいんじゃないのかな」

「馬鹿馬鹿しい。俺は認めないぞ。狼族は一夫一婦制なのだから、世継ぎのことを考えれば、兄上にはちゃんとした妻を娶らせるべきだ。金国に白鹿族の末裔の娘がいないのならば、群れの中から年頃の娘を適当に見繕って……」

「はいはい。そんなことをしたら、またジュチ兄様に嫌われちゃうよ、チャガタイ兄様」

「なんだと⁉　俺は真剣に兄上のことを考えてだな……」

不満げな声をあげるチャガタイの背を押しながら、オゴタイがバトゥと湖白に軽く頭を下げる。どうやら話が長くなりそうなチャガタイを、湖白たちのそばから引き離してくれたらしい。

去っていく二人の背を呆然と見送っていると、バトゥが気遣わしげに湖白に声をかけてくれた。

「湖白様。気になさらないでください。チャガタイ様もオゴタイ様も、ジュチ様のことが心配でならないだけで、他意はないのです」

バトゥの言う通り、ジュチが弟たちから慕われているのは間違いなさそうだ。

チャガタイが湖白の嫁入りに反対したのも、ジュチの幸せを願ってのことだろう。

オゴタイはチャガタイと違って、だいぶ柔軟な考えをしているようだけれど。

「ジュチ様はたくさんご兄弟がいらっしゃるんだね」

頭の中で整理しきれなくなって、湖白が思わず呟くと、バトゥが指を折りながら教えてくれた。

「そうですね。上から、ジュチ様、チャガタイ様、オゴタイ様、トゥルイ様の四人兄弟で、皆様、大ハーン様と皇后ボルテ様のお子様でいらっしゃいます」

「そういえば、大ハーン様は？　先にご挨拶をしておきたいんだけど」

バトゥの説明を聞き、湖白は白い狼姿をした大ハーンの存在を思い出した。

昨夜は大ハーンも、男嫁の湖白をあまり快く思っていなかったはずだ。

しばらく狼族の集落に滞在させてもらうならば、先に挨拶に行くのが礼儀だろう。

しかし、バトゥは少し寂しそうな表情で、声を潜めて答えた。

「大ハーン様はお体を悪くされていて、近頃は大会議《クリルタイ》にも滅多に顔を出されておりません。急用でない限り面会も断っているようなので、ジュチ様がお戻りになられてから、一緒にご挨拶に伺ったほうがよいかと思います」

「そうなんだ……。わかった」

バトゥの提案に、湖白は素直に頷く。大ハーンの体調が悪いならば、おとなしくジュチの帰りを待つことにしよう。

湖白はバトゥの隣に並び、爽《さわ》やかな青空の下で草を食む羊たちの穏やかな光景に再び視線を戻した。

＊

その日以降、湖白はバトゥの後ろについて、集落に住む狼族の主要な人々に順に挨拶回りを行った。

ジュチの親族や重臣たちを始め、十戸長、百戸長といった行政と軍事を兼ねる集団の長《おさ》たち。その家族である女性や子どもたちも含めると、とても一度会っただけでは覚えきれないほどの人数だ。

湖白が挨拶をすると、大抵の人は決まって困惑したような表情を浮かべた。

ジュチのもとに白鹿族の花嫁がやってきたこと自体は喜ばしいが、男の湖白をどう扱うべきか、決めかねているのかもしれない。

皆、表面上は当たり障りなく、湖白を歓迎する言葉を述べてくれたが、自分はやはり招かれざる客なのだろうと思うと、湖白はそれきり外に出るのが少し億劫《おっくう》になってしまった。

狼族の集落に早く馴染《なじ》みたいのに、狼族の人々の輪の中にうまく入っていけない。

挨拶を一通り終えてしまうと、特にすることもなくて、湖白はオルドの中でおとなしく過ごすことしかできなかった。

ジュチに早く帰ってきてほしい。

バトゥは甲斐甲斐しく湖白の世話を焼いてくれたが、湖白の胸には日に日に心細さが募っていく。

昼下がりの集落に、突如として馬の蹄《ひづめ》の音が轟いたのは、湖白が狼族の集落にやってきて一週間が過ぎた頃だった。

昼食を終え、バトゥが用意してくれた奶茶をゆっくり飲んでいた湖白は、幕舎の中で立ちあがった。

いったいなにが起きたのだろう。しかし、バトゥは羊の餌《えさ》やりに出かけてしまったため、聞くことができない。

湖白がおそるおそる出入り口の布を開けると、オルドの裏手にある厩《うまや》の前に人だかりができているのが見えた。皆、馬に跨《またが》った五人ほどの旅装姿の男たちを取り囲んでいる。

（あ……）

その中に、一際背の高い馬に乗った黒髪の偉丈夫を見つけ、湖白は胸を高鳴らせた。

ジュチがようやく帰ってきたのだ。

湖白はすぐにオルドから出て、ジュチのもとへと駆け寄った。

「ジュチ様、お帰りなさい」

厩には湖白以外にも大勢の狼族がジュチたちの出迎えに来ていて、なかなか近づくことができない。ジュチの耳に湖白の声が聞こえたかも怪しい距離だ。

しかし、ジュチは馬上から湖白に目敏《めざと》く視線を向け、無言で頷いてくれた。

そして颯爽《さっそう》と馬から下りて、腕に抱いていた大きな赤い布包みを地面に置く。

と、次の瞬間、赤い布の下から小さな子どもがまろび出てきた。両手を広げて湖白のもとへ一目散に駆け寄ってくる。

「あにうえっ！」

「花琳！」

信じられない気持ちで、湖白は花琳の体を抱きとめた。

赤い布包みだと思っていたのは花琳の着ていた服だったようだ。湖白が狼族に嫁いできたときと同様、何枚も薄い紗《しゃ》を重ねた花嫁衣装のように見える。

「どうしたの、花琳。なんでここにいるの？」

「ジュチにつれてきてもらったの！　あにうえにあえるっていわれたから、かりん、がんばったんだよ」

褒めてと言わんばかりに、花琳は湖白の顔を仰ぎ見て、菫色の目をキラキラと輝かせている。

今まで一度も楼閣の部屋から出たことのない花琳にとって、金国から狼族の集落までの移動は大冒険だったに違いない。

草原の強い日差しを浴びて、少し赤く日焼けした花琳の頬を撫でながら、湖白は胸を詰まらせた。

まさか花琳ともう一度生きて会えるなんて。

思ってもいなかった幸せに感極まって、目尻に涙が浮く。

「お元気そうでなによりです、湖白様」

花琳に続いて懐かしい声で名前を呼ばれ、湖白は顔をあげた。

「李鵜も。ついてきてくれたのか？」

「ええ。湖白様ご不在の間、命に代えても花琳様をお守りすると誓いましたから」

李鵜の目に涙が光っている。

湖白と無事に再会できたことが嬉しくてたまらないようだった。

「あにうえ、おうまさんてすごいね。すごくはやいの。かりん、おしろからここまであっというまにきちゃったよ」

「花琳、まさかずっとジュチ様と同じ馬に乗せていただいてきたの？」

もしやと思い、湖白は念のため確認した。

「うん。ジュチのおうまさんが、かりんのとくとうせきなの！」

誇らしげに両手を広げる花琳の説明に湖白は恐縮した。

無愛想なジュチがいったいどのような顔して、花琳を同じ馬に乗せていたのだろう。

「あ、あのジュチ様。ありがとうございました。妹の面倒を見ていただいたようで」

ジュチがしばらく集落を不在にしていたのは、金国まで花琳と李鵜を迎えに行くためだったようだ。

けれど、湖白が花琳たちにもう一度会いたいと頼んだわけではないのに、いったいなぜ？

問いかける視線が思わずジュチに向く。

「勘違いするな。俺は金国との和睦の条件であった白鹿族の花嫁を、正しく貰《もら》い受けてきただけだ」

ジュチは風で乱れた長い黒髪を手櫛《てぐし》で直しながら、面倒くさそうに答える。

それはたしかに狼族にとって、当然の権利だった。

金国から差し出された男嫁の湖白を黙って受け入れてしまっては、狼族の面目は潰れたままになってしまう。

兄は元々狼族から苦情を言われたら、すぐに花琳を差し出すつもりでいたようだし、ジュチの交渉にあっさり応じたのは理解できる。

だが、ジュチはなぜ、そのような行動に及んだのだろう。

「花琳をジュチ様の花嫁にするつもりですか？」

湖白は少し警戒して花琳の体を抱き寄せた。

白鹿族の花嫁にこだわっていた狼族は、兄の言う通り、女であれば年齢など関係ないのかもしれない。

ジュチと初めて過ごした夜に、湖白は花琳を守るために狼族にやってきたことを涙ながらに伝えた。

あのときはジュチも湖白の境遇に同情してくれていたように感じていたのに。

あれは湖白のただの勘違いだったのだろうか。

しかし、ジュチの返事はあっさりとしたものだった。

「オルドにはもうお前がいるだろう」

「だけど僕は……」

元々は自分は花琳の身代わりだったわけで、花琳が花嫁として正式に狼族にやってきた以上、お役御免になるのが道理だろう。

湖白が唇をまごつかせていると、

「俺のオルドの主《あるじ》はお前だ。湖白」

とジュチは改めて言い、湖白のもとへ歩み寄ってきた。

ジュチの宣言に、厩の前に集まっていた狼族の人々がにわかにざわめく。

しかし、それを意に介した様子もなく、ジュチは再び花琳を抱きあげると、空いたもう片方の手で湖白の腕を摑んだ。

「妹と二人、どうせ行く当てもないのだろう。ならば俺のオルドにいればよい」

「は、はい」

湖白は弾《はじ》かれたように頷く。

言い方はぶっきらぼうだが、ジュチはどうやら花琳を自分の花嫁にするつもりで金国から連れてきたわけではなかったらしい。

それればかりか、湖白も今まで通りジュチのオルドにいていいと言ってくれている。

一瞬でもジュチの真意を疑った自分が恥ずかしい。

ジュチの優しさに湖白は鼻の奥がつんと痛むのを感じた。

「行くぞ」

ジュチに腕を引かれるまま、湖白は厩をあとにした。

*

「ジュチ様、お帰りなさい！」

オルドに戻ると、羊の餌やりから帰ってきていたバトゥが満面の笑みで出迎えてくれた。

「ああ。今帰った」

「っ、ジュチ様、その子は？」

バトゥはジュチの腕に抱かれた花琳を見て驚いたようだった。

「僕の妹の花琳だよ。よろしくね、バトゥ」

「よろしくね」

湖白の言葉に被せて、花琳が可愛らしく小首を傾げて微笑む。

と、その瞬間、ぽんと音を立てて、バトゥの頭に白い狼の耳が現れた。

「あ、あれ？　なんで？」

バトゥは突然自分の頭に耳が生えたことに困惑しているようだった。

「バトゥは花琳に恋をしたようだな」

「ち、違います、ジュチ様！　僕そんなんじゃ」

花琳を床に下ろしながらジュチが呟くと、バトゥは慌てて否定した。

「どういうことですか？」

湖白はジュチに尋ねた。

「狼族は将来伴侶にしたいと思う相手に出逢《であ》い、恋をすると耳が生える。それだけだ」

ジュチが淡々とした口調で説明する。

「おおかみさんのおみみ！　かわいいね！」

花琳に可愛いと言われたことが衝撃だったのか、バトゥは顔を真っ赤に染めて、うなだれてしまう。

「ジュチ様……。は、恥ずかしいです、僕」

「諦《あきら》めろ。一度生えた耳はしまえぬぞ。そのうち尻尾も生えてくる」

ジュチのその言葉に、湖白は「あれ？」と違和感を覚えた。

一度生えた耳はしまえないというのなら、ジュチの頭に狼の耳が生えていないのはなぜだろう。

ジュチは今まで誰にも恋をしてこなかったのだろうか。

けれど、そんな失礼なこと聞けないし、ジュチの気分を悪くしてしまうかもしれない。

湖白が戸惑っていると、ジュチはおもむろに湖白のそばに近づいてきて、湖白が頭に被っている帽子を外してきた。

そして、白い髪をさらりとかき分けて、角の根元の様子を確認してくる。

「傷はだいぶ治ってきたようだな」

「はい、おかげさまで」

「まだ無理はするな」

長旅で疲れているはずなのに、ジュチは真っ先に湖白の怪我《けが》の具合を心配してくれたようだ。

こんなに優しい人なら、今まで誰も恋人がいなかったとは考えにくいのだけど、何度確認しても、ジュチの頭にやはり耳は生えていない。

(もしかして狼族の大人の中で、狼の耳や尻尾が生えていないのは、ジュチ様だけ？　もしそうだとしたら気まずいよね。ジュチ様は狼族のハーンなのに……)

湖白にも鹿の角が生えているから、集団の中で一人だけ違う容姿を持ちながら暮らす辛さは知っている。

ジュチも自分と同じように、狼族の群れの中で辛い思いをしてきたのだろうか。

ジュチのことがもっと知りたい。

今までどんな暮らしをしてきて、何を考えて生きてきたのか。群れの中で一人だけ狼の姿になれない理由はなんなのか。そして湖白が来るまで、オルドに妻を迎えようとしなかったのはなぜなのか。

「どうした？」

しかし、湖白の頭を撫でながら優しい視線を向けてくれるジュチに、不躾《ぶしつけ》に尋ねることもできず、湖白は曖昧《あいまい》に微笑むことしかできなかった。

四・

それから花琳と李鵜は、ジュチのオルドの隣に建つ幕舎に住まわせてもらうようになった。

普段バトゥが寝起きしている場所だ。

花琳は湖白と夜も一緒がいいと駄々をこねたが、ジュチのオルドに寝台は一つしかなく、さすがに三人並んで寝ると手狭になる。

湖白は自分もバトゥの幕舎で寝るべきかと考えたが、それはジュチが許してくれなかった。オルドの主が勝手にオルドを離れることは許さないというのがその理由だったが、ジュチはどうやら花琳に兄離れをさせたかったらしい。

昼間、湖白が甲斐甲斐しく花琳の世話を焼くたびに、「お前は妹を甘やかしすぎている」と何度注意されたかわからない。

そして、「夜ぐらい自分のために時間を使え」と命じ、花琳の寝かしつけが終わっていなくても構わず、ジュチは湖白をオルドに引きあげさせる。

李鵜は湖白がジュチの夜伽の相手をさせられているのではないかと心配していたようだったが、狼族に初めてやってきた夜以来、ジュチは湖白を抱こうとしない。

ただ、湖白を抱き枕にして寝るだけだ。

湖白は最初、それだけでも緊張していたが、次第に慣れて、今ではジュチの腕の中で朝までぐっすり眠れるようになった。

自分より体の大きな男の人の腕の中に包まれて眠るのは、とても心地いい。寝ている間も大事に守られているような安心感を覚える。

もし幼い頃、父と添い寝する機会があったら、こんな気分だったのだろうか。

いつも花琳の兄として、しっかりしなくちゃと戒めていた気持ちが、ジュチの前ではゆるゆると解けていってしまう。

気がつくと朝、ジュチが出かけたことにも気づかず寝過ごしてしまうこともあり、湖白はそんな自分の変化に戸惑っていた。金国にいた頃には、考えられない失態だ。

(なんだか調子が狂う……。ジュチ様によくしていただいて、とても嬉しいのだけど)

今の気持ちを一言で表すなら、幸せすぎて怖いとでも言うのだろうか。

もう二度と会えないと思っていた花琳と再び暮らすことができるようになっただけでも夢のようなのに、思いがけず巡ってきた幸運を素直に享受できず、湖白の心には漠然とした不安がつきまとっていた。

花琳と李鵜と三人、狼族の集落に置いてもらっているのに、ジュチになにも謝礼ができていないという状況が、なんだか落ち着かない。

金国で暮らしていた頃は、兄に定期的に角を献上していた。

けれど、ジュチは湖白の角などいらないと言う。

それればかりか、オルドにいる間、ジュチは湖白になにもしなくていいと言ってくれた。ジュチはもともと、湖白からの見返りなど期待していなかったのだろう。

だからといって、ジュチの厚意に甘えてばかりもいられない。

(僕にもなにかできることはないかな。ジュチ様のために、なにかお役に立てること)

毎日忙しく働き回るバトゥの姿を見ているうちに我慢しきれず、湖白はバトゥに頼み込んで仕事を手伝わせてもらうことにした。

これには、狼族の集落にやってきた翌日からバトゥの仕事を手伝っていた李鵜も驚いたようで、必死に湖白を止めたが、湖白は「なにもしていないと暇だから」と、李鵜の分の仕事も積極的に引き受けた。

ジュチが狩りや会議に出かけて留守にしている間、湖白はオルドの中をぴかぴかに磨き上げて、ジュチの帰りを待つ。着古して穴が開いた民族衣装を繕ったり、ジュチが愛用している馬具の手入れをするのも、新鮮な仕事で面白かった。

そうこうしているうちに、花琳が狼族の集落にやってきて半月ほどが過ぎ、季節は晩秋にさしかかろうとしていた。

だいぶ日が落ちるのが早くなってきて、厚手の民族衣装を着込んでも肌寒く感じる。

そんなある日、西の空が赤く染まり始めた時分だっただろうか。

「ねぇ、あにうえきて！　おおかみさんにあいにいくの！」

オルドの中に勢いよく入ってきた花琳の声に振り向いた湖白は、驚いて馬具の手入れをしていた手を止めた。

「わ、お前、花琳か？　どうしたの、その格好」

湖白のもとに駆け寄ってきたのは、菫色の瞳を持つ白い小鹿だった。

今にも折れそうな細い前脚を湖白の膝に乗せ、白い鹿は花琳の声で誇らしげに喋る。

「バトゥとあそんでたら、へんしんしちゃった！　バトゥといっしょだよ！」

変身したって、花琳が鹿の姿に？

湖白は信じられない気持ちで、花琳の姿を正面から見つめた。

たしかに母からは生前、白鹿族も年頃になれば鹿の姿に変身する可能性があることは聞いていた。

けれど、湖白は今まで鹿の姿に変化したことは一度もないし、花琳は女の子で鹿の角すら生えていなかったので、きっと自分たちには関係ないことなのだろうと思っていた。

「す、すみません、湖白様。僕と一緒に追いかけっこをしていたら、途中から花琳様も夢中になってしまったようで」

オルドの出入り口から白い狼姿のバトゥが顔を出し、湖白に謝ってくる。

もしかしたら花琳は、完全な狼姿になって草原を駆けるバトゥを追いかけたい一心で、無意識に鹿の姿に変身してしまったのかもしれない。

今まで楼閣の窮屈な部屋に閉じ込められていたせいで、その能力が発揮されていなかっただけで。

花琳は鹿の姿になったことが楽しくて仕方ないのか、湖白の膝から離れると、幕舎の中をくるくる駆け回り始めた。

「とりあえず花琳様の服は拾ってきたんですけど、人間の姿に戻るのは幕舎に戻ってからのほうがいいかと思いまして、ここまでお連れしました」

バトゥは花琳の服を入れた籠《かご》を前脚で湖白の方に押しやると、

「し、失礼します！」

と言って、足早に走り去っていった。いつになく焦っているようだった。

バトゥの様子は気になるが、それより先にまず花琳を人間の姿に戻さなくては。

「花琳、こっちにおいで。人間の姿に戻れる？」

湖白は花琳を手招き、白い背中を優しく撫でた。しっとりとした柔らかな毛並みは鹿そのもので、花琳だとわかっていても、なんだか不思議な気持ちになってしまう。

「ん」

花琳が目を閉じてぶるりと全身を震わす。

次の瞬間、ぽんと音を立てて、湖白の膝の上に見慣れた花琳の姿が戻ってきた。

「どう！　すごいでしょ！」

花琳が両手を広げて、にっこりと笑う。

人間の姿に戻った花琳は全裸だった。湖白は、バトゥが花琳の変身の現場に立ち会わなかった理由を正確に理解した。

「よかった。自由に戻ることはできるんだね」

バトゥが拾ってきてくれた服を再び花琳に着せながら、湖白はほっと息をついた。

そして、今後人前では無闇《むやみ》に白鹿の姿にならないよう、花琳に言い聞かせる。

花琳は「えー」と面白くなさそうに唇を尖らせていたが、湖白が根気よく説得を続けると渋々頷いた。「花琳が急に裸になったら、バトゥが困るでしょ」と最後につけ加えたのが効いたのかもしれない。

「そういえば、花琳。狼さんに会いに行くっていうのはなんのこと?」

湖白は気を取り直して、最初に花琳がオルドに戻ってきたときに言っていた言葉を思い出し、花琳に尋ねた。

すると、花琳は「そうだ！　おおかみさん！」と言って、ぱっと目を輝かせた。

「バトゥ、もうすぐよるごはんのしたくだから、いそがしいんだって。だから、あにうえ、かりんとあそんで」

「うん。いいけど、どこに行くの?」

「しろいおおかみさんにあいにいくの！　かりん、おともだちになったんだよ！」

花琳はそう言うと、早く友達になった狼のところへ湖白を連れていきたいのか、湖白の手を引いてオルドの外へと連れ出す。

すると、隣の幕舎から人間の姿に戻ったバトゥが顔を出して「すみませんが、よろしくお願いします」と湖白に頭を下げた。

バトゥは食事の準備だけは、湖白に手伝わせようとしない。

以前、一度だけ手伝ったときに、湖白が鍋《なべ》に触れて指先に火傷《やけど》をしかけたからだ。

「湖白様が怪我をしたら僕がジュチ様に叱《しか》られてしまいます」と涙目で訴えられては、湖白はそれ以上バトゥに料理の手伝いをしたいと申し出ることができなくなってしまった。

夕暮れ色に染まる集落に点在する幕舎は、どこも夕飯の支度の真っ最中なのか、通りかかるたびに美味しそうなにおいが湖白の鼻腔《びこう》をくすぐった。

「花琳。どこまで行くの？　あまり遠くまで行くと、迷っちゃうよ」

「だいじょうぶ！　かりんにまかせて！」

心配する湖白に花琳は自信満々に答える。

たしかに、普段オルドから滅多に出ない湖白と比べ、花琳は毎日集落の中を活発に遊び回っている。バトゥに相手をしてもらうこともあれば、狼族の子どもたちと一緒に遊ぶこともあるようだ。

それを裏づけるように、集落の中を二人で歩いていると、花琳は頻繁に湖白の知らない狼族の人たちから声をかけられていた。

「やあ、花琳ちゃん。お出かけかい?」

「お兄ちゃんと一緒だから大丈夫だと思うけど、暗くなる前に帰ってくるんだよ」

どうやら、金国と狼族の確執をなにも知らない天真爛漫《てんしんらんまん》な花琳は、湖白の予想以上に狼族の人たちから可愛がられているらしい。

それは花琳が、彼らが長年待ち望んでいた本物の白鹿族の花嫁だからだろうか。

ジュチは花琳を娶るつもりはないと言っていたが、それが集落の中でどこまで伝わっているのかはわからない。

もしかしたら、狼族の中には、ジュチと花琳がいずれ結婚するものと思っている人がまだいるのかもしれない。

そう思うと、湖白は急に自分の居場所がなくなったような気がして、胸がきゅっと苦しくなった。

(やだな。みんな花琳のことを歓迎してくれて、ありがたいはずなのに……)

なんだか自分が心の狭い人間に感じて、湖白は自己嫌悪に陥った。

花琳に声をかけてくれた人たちにぺこりと頭を下げて、湖白は花琳に手を引かれるまま、足早にその場を去る。

それからしばらく歩いて、湖白たちは集落の西端に広がる岩場にたどり着いた。

岩場は、赤褐色《せっかっしょく》の大きな岩が幾重にも複雑に積みあがってできており、天然の要塞《ようさい》といった雰囲気を醸し出している。

花琳は手前の岩に器用によじ登ると、足元に広がる細い岩の割れ目を指さし、湖白を手招いた。

「ここだよ、あにうえ。このあなから、なかにはいるの」

「この中に狼さんがいるの?」

「うん! おおかみさんとかりんたちの、ひみつきちなんだよ!」

花琳は狼族の子どもたちと、普段からこの岩場でよく遊んでいるのかもしれない。

花琳が入り口だと教えてくれた岩の割れ目は、人一人通るのがやっとの幅で、中は薄暗くてどうなっているのかよく見えない。

しかし、その中に花琳は迷うことなく両足を突っ込み、湖白に「ついてきてね!」と言い残し、割れ目の中にするりと入っていってしまった。

湖白もしばらく迷ったあと、覚悟を決めて、花琳のあとに続いた。

初めて入るので不安はあったが、花琳が何度もこの場所を行き来しているなら、きっと危険ではないのだろう。

「わっ!」

しかし、湖白のその読みは甘かったようだ。

穴の中に下半身を潜《くぐ》らすと、急斜面の滑り台のようになっていて、湖白の体は瞬く間に穴の底に広がる地面の上に転がり落ちた。

「痛たた……。もう花琳！　穴が深いならちゃんと最初にそう言ってよ」

尻を強打してしまい、起きあがるのに少し時間がかかる。

湖白と花琳が滑り下りてきた穴の底には、洞窟《どうくつ》のような空間が広がっていた。体を寄せ合えば、人が数百人は入ることができるだろうか。

頭上はるか高くに見える、湖白たちが入ってきた岩の割れ目から光が差し込んでいて、洞窟の中は薄暗いといっても、雨の日の昼間と同程度の明るさで周囲を見渡せる。

「花琳？　どこに行ったの？」

痛む尻をさすりながら、湖白が立ちあがり花琳を探し始めると、背後から低い声が響いた。

「なにをしに来た、小僧」

振り向くと、洞窟の奥に設けられた石壇の上に、大きな白い狼が腹這いになっているのが見えた。狼のそばには花琳の姿もある。

「だ、大ハーン様！」

湖白は一瞬、我が目を疑った。

病気で療養中のはずの大ハーンが、なぜこんな人気《ひとけ》もない岩場の穴の中にいるのだろう。

「花琳、お前と遊んでくれた狼さんって、もしかして大ハーン様のこと？」

「うん、テムジンていうの！　かわいいでしょ？」

花琳は嬉しそうに笑って、大ハーンの首元にぎゅっと抱きつく。

なんて恐れ多いことを。花琳の大胆な行動に湖白は震えあがった。

「大ハーン様、申し訳ございません。妹がとんだご無礼を。花琳、だめだよ！　こっちにおいで」

「構わぬ。好きにさせておけ」

大ハーンは、自分の首元に顔を擦《す》り寄せ笑っている花琳を咎《とが》める様子もなく、くすぐったそうに目を閉じる。

「この岩場は、敵の部族が攻めてきたときに、女や子どもを避難させる場所だ。普段は静かで儂《わし》も気に入っているが、子どもたちには、有事に備えて普段からこの穴の中に下りる訓練をしておくように言い聞かせている。お前も避難場所の視察に来たのか？」

「あ、いえ……そういうわけではないのですが」

湖白は改めて大ハーンの前に跪いた。

ジュチが集落に戻ってきてから、何度か大ハーンに挨拶をするため取り次いでもらえるよう頼んでいたのだが、ジュチは大ハーンを苦手に思っているらしく、先送りにされてしまっていたからだ。

「ご挨拶が遅れまして申し訳ございません。あのあと、ジュチ様のご厚意により、妹と二人、ジュチ様のオルドに置いていただいております。湖白と申します。ほら、花琳もちゃんと大ハーン様にご挨拶して」

湖白が催促すると、花琳はきょとんとした表情で大きく瞬《まばた》きをした。

「テムジンはテムジンだよ？　だいはーんさまなんてなまえじゃないよ？」

「そういう問題じゃなくて。大ハーン様はジュチ様のお父様なの。いくら花琳と仲がよくても、お世話になっているんだから、ご挨拶しなくちゃだめだよ」

「テムジンがジュチのおとうさんなの？　ジュチはおおかみじゃないのに、どうして？」

「花琳！」

湖白は思わず花琳を叱った。失言だと思ったからだ。

約一ヶ月、狼族の集落で暮らして気づいたが、狼族の中で獣の耳が生えていないのは幼い子どもを除いて、やはりジュチ一人だけだった。

ジュチ本人は湖白たちの前で気にした素振りを見せたことはないが、内心はどう思っているのかわからない。

「子どもは痛いところを突いてくるな」

大ハーンは花琳の純粋な疑問を聞いて、自嘲《じちよう》気味に笑った。

たしかに花琳の目から見たら、いつも白い狼姿でいる大ハーンと、狼の耳を持たないジュチが親子であるとは、とても信じられないのだろう。

せめて大ハーンが人間の姿を見せてくれたら、花琳も理解しやすかったかもしれないのに。

「大ハーン様はなぜいつも狼の姿でいらっしゃるのですか?」

恐れ多いと思いつつ、湖白は初めて会ったときから気になっていたことを大ハーンに尋ねた。

「べつに好きで狼の姿でいるわけではない。妻が亡くなってから、人間の姿に戻れぬのだ」

大ハーンは鼻を鳴らして、低い声で呟く。

「あ……すみません。立ち入ったことを」

湖白は慌てて謝った。やっぱり聞くべきじゃなかった。

これも狼族に来てから初めて知ったのだが、狼族の男性は複数の妻を娶らない。草原の部族にしてはめずらしく、一夫一婦制を貫いているようだ。

湖白はバトゥから、大ハーンの妻であるジュチたち四兄弟の母は、三年前に亡くなったと聞いている。その頃から大ハーンは体調を崩すようになり、ジュチに家督を譲ったことも。

だが、まさか人間の姿に戻れなくなっているとまでは知らなかった。

(大ハーン様は奥様をとても愛していらっしゃったんだな……)

初対面のときの印象で、湖白は大ハーンを気難しいと思っていたが、人目を避けるようにして、集落から外れた洞窟の中で暮らしている大ハーンは少し寂しそうに見えた。

(大ハーン様ならジュチ様が狼の姿になれない理由をご存じかな。でも、それこそ少し立ち

入ったことだ。僕が聞いていいことなのかもわからないし)

湖白が思い悩んでいると、まるでその思考を読んだように大ハーンがおもむろに問いかけてきた。

「聞きたいことはそれだけか?」

「え?」

「本当は、ジュチになぜ狼の耳が生えておらんのか、そっちのほうが知りたいのだろう?」

まさか大ハーン自らその話題に触れてくるとは思わず、湖白は目を瞬《しばた》かせた。

「教えていただいてもいいのですか?」

本当ならジュチ本人に聞いたほうがいいのかもしれない。

けれど、ジュチのことをもっと知りたいという気持ちが勝った。

湖白が固唾《かたず》を呑んで見つめていると、大ハーンは大きくため息をつき、語り出した。

「ジュチは愛を知らぬからだ。ジュチが幼い頃に、親からの愛情を満足に与えてやることができなかった。あやつに狼の耳が生えぬのは、儂のせいかもしれぬ」

大ハーンはどうやらジュチに狼の姿になれないのは、自分に責任があると感じているらしい。

しかし、妻を亡くした悲しみで人間の姿に戻れなくなるほど愛情深い大ハーンが、ジュチに満足に愛情を注げなかったというのは、いったいどういうことだろう。

「ジュチは妻が他部族に奪われたときにできた子どもだ。あの頃、狼族はまだ力が弱く、ようやく妻を取り戻すことができたときには、すでに妻は身ごもっておってな。儂の子か他部族の男の子かわからぬまま生まれてきた赤子に、儂は客人を意味する『ジュチ』の名をつけてしまった。妻は何度も儂の子だと主張してきたが……当時はどうしても信じきれなかったのだ」

大ハーンが目を伏せ、低い声で説明してくれた事実は、湖白にとってとても衝撃的なものだった。

まさかジュチの名前に、そんな悲しい由来があっただなんて。

愛している妻を他部族に奪われた悔しさ。そして、生まれてきた父親のわからない子どもとどう接していいのかわからなかった大ハーンの葛藤《かっとう》は想像に難くない。

大ハーンは当時のやるせない心境を思い出しているのか、大きくため息をついた。

そんな大ハーンを励ますように、花琳が大ハーンの首元に両手を回し、ぎゅっと抱きしめる。

「そのことをジュチ様は……?」

「もちろん知っておる。儂や妻が直接告げたことはないが、口さがない群れの大人たちから自然と聞かされて育ったようだな」

ジュチの幼少期を思うと、湖白は胸が締めつけられた。

自分が父親の本当の子どもではないかもしれないと、ずっと思い悩んで暮らしてきたのだとしたら、それはあまりにも可哀想すぎる。

湖白も自分は本当は父と血がつながっていないのではないかと悩んだ時期があった。母が金国に嫁いできたときには、すでに自分を身ごもっていたという噂話を何度か聞いたことがあったからだ。

母は湖白にいつも優しかったが、湖白は自分の出生の真相を母に確認することができなかった。尋ねて、認められるのが、怖かったのだ。

ただでさえ、頭に生えた角のせいで父に嫌われているのに、もし本当に父と血がつながっていないと証明されてしまったら、自分はこの先もずっと父に愛されることがない。どれだけ努力をして、いい子でいても、自分は生まれたときから父を裏切っていたのだから。自分の存在自体が罪なのだから。

「妻は不幸な境遇に生まれたジュチを哀れみ、それから必要以上にジュチを厳しく育てるようになった。ジュチに儂と同じ蒼き狼の血が流れていることを証明するため、もっとも激しい戦場を率先して引き受けるよう、躾けたのだ。そのせいか、儂はジュチの笑った顔というものを見たことがない。年頃になり、弟たちの頭に狼の耳が生え始めても、ジュチだけは生えなかったことも、あやつの孤独感を深めた原因かもしれんな」

いつも気難しい顔をして、滅多に笑顔を見せないジュチ。

自分のことを狼になりきれぬ半端者だと自嘲して、いつもどこか人を遠ざけているように見えるジュチ。

それもすべて、彼の複雑な出生が影響していたせいだったのだろう。

湖白よりもずっと年上で、一族を率いる立場にいるにもかかわらず、ジュチは湖白と同じく胸の中にずっと孤独を飼っていたのかもしれない。

（ジュチ様……）

ジュチを思うと、胸の奥がきりきりと痛んだ。今すぐオルドに帰って、ジュチの体に抱きつきたくなる。

「ジュチは悩んでおる。自分が蒼き狼の血を受け継いでいるのか、いないのか。儂が兄弟の中で最も武勇に優れているジュチにハーンの地位を譲ると決めたときも、自分はふさわしくないと断りに来たぐらいだ。戦場では誰にも負けない狼族一の勇者に育ったというのに、ただ狼の姿になれないというその一点だけで、あやつはいまだに引け目を感じておる。それが儂は歯がゆい」

大ハーンは少し苛立った様子で、長い毛足の尻尾を地面に叩きつける。

もし大ハーンが今もジュチを自分の子どもではないと思っているなら、ジュチにハーンの座を譲ったりするだろうか。わざわざ湖白にジュチの秘密を話したりするだろうか。

不器用だけれど優しい。湖白が感じる大ハーンの性格はジュチとそっくりで、湖白の胸にじわじわと一つの確信が芽生えてくる。

（ジュチ様にお名前をつけた当時は信じきれなかったけど、今はきっと違う……。大ハーン様は、ジュチ様が自分の子どもだと信じたいからこそ、今も苦しまれているんだ……）

大ハーンはきっとジュチが心配でたまらないのだろう。

その姿は、子を思う親以外の何物だろうか。

大ハーンは顔をあげると、ジュチによく似た青い瞳で湖白の顔を正面から見つめてきた。

「湖白といったな。お前は、ジュチをどう思っている」

「どう、というのは」

「好きか嫌いか、どちらだと聞いている」

大ハーンから端的に問われ、湖白は迷わずに即答した。

「お慕いしております」

狼族に来てから、ジュチが示してくれる厚意にただひたすら感謝するばかりで、嫌う理由は一つも見つからない。

ジュチが好きだという気持ちは、花琳や李鵜が好きだと思う気持ちと似ている。

もしかしたら今は、家族以上に思っているかもしれない。

これからは俺がお前の家族だと言って、湖白をオルドに迎えてくれたジュチ。

この人になら甘えてもいいのかもしれないと湖白に初めて思わせてくれた貴重な人だ。

湖白の返事を聞くと、大ハーンは満足そうに頷いた。

そして少し照れくさそうに尻尾を巻いて、湖白に思いもよらないことを頼んでくる。

「もしジュチを少しでも哀れと思ってくれるならば、あやつに愛を教えてやってはくれないか？」

「愛を……」

「よき伴侶を娶り、愛を知ることさえできれば、ジュチは今からでも狼になれるかもしれない」

（あ……）

大ハーンの頼みを聞いて、湖白は目を瞬かせた。

ジュチが狼の姿になること。

それはすなわち、ジュチが大ハーンの子どもであることの証明にもつながる。

「そんなことが僕にできるでしょうか」

自分の身に余る大役に湖白が不安を覚えていると、大ハーンは軽く喉元で笑った。

「頑《かたく》なに伴侶を迎えることを拒んでおったあやつが、お前をオルドに入れた。それだけでも十分意味はある。たとえ狼になれなくとも、お前が来たことでなにかジュチによい変化があればいいのだがな」

そう言うと、大ハーンは目を閉じた。

「頼んだぞ」

長話をして少し疲れたのか、大ハーンはそれきり眠ってしまったようだ。

もともと体調が優れなかったのだろう。

花琳が白い毛に右手の指を埋めて、大ハーンの背中をよしよしと撫でている。

（どうしよう……。ジュチ様に愛を教えるって、具体的になにをすればいいの？）

石壇の上で腹這いになって眠る大ハーンの体から花琳を引き離して、湖白はしばし途方に暮れた。

＊

オルドに戻ってきてからも、湖白の悩みは深まるばかりだった。

みんなと夕食を食べている間も、大ハーンからの宿題をバトゥや李鵜に相談することもできず、一人悶々《もんもん》と悩む。

湖白がジュチのオルドに迎え入れられてから、果たしていない務めといったら、心当たりは一つしかなかったからだ。

（愛を教えるって、やっぱりあれかな。花嫁としての責務……。今まではジュチ様が無理しなくていいとおっしゃってくださっていたから甘えていたけど、ほ、本当はしたほうがいいんだよね？）

ジュチに初めて抱かれそうになった夜のことを思い出すと、今でも恥ずかしさと恐怖で身が竦む。

けれど、普通の夫婦は夜の営みを通して互いの愛情を伝え合うものと聞いたことがある。

自分たちは男同士だが、ジュチは後ろを使えば、男同士でもつがうことができると言っていた。

だから、自分が素直にジュチに抱かれさえすれば、ジュチは自分からの愛を感じ取ってくれるかもしれない。

もちろん、ジュチがその気になってくれればの話だけれど。

「ジュチ様、ご奉仕をさせてください」

夜遅くにオルドに戻ってきたジュチに湖白は思いきって申し出た。

「は、花嫁としての務めを果たしたいんです」

恥ずかしさを堪え、湖白は寝台に正座したまま頭を下げた。

「どうしたのだ、いきなり」

ジュチは少し驚いたような表情で瞬きをすると、腰に差していた刀を枕元に置き、寝台に腰かけた。

「花琳と二人、オルドに置いていただいているのに、僕、ジュチ様になにもできていなかったから」

湖白は必死に訴えた。

急にこんなはしたない申し出をしたりして、ジュチに呆れられたらどうしよう。

だが、ジュチは湖白の頭にぽんと手を置くと、軽くそこをかき混ぜてくる。

「気にしなくてよい。俺は嫌がる者を無理に抱く趣味はない」

「嫌ではありません」

「嘘をつけ。先日は指を入れただけで泣いていたくせに」

「へ、平気です！　もう怖くはありません」

湖白は思いきって顔をあげた。

天井から吊り下げられたランプから零れる柔らかな橙色の光を背に、ジュチが真顔で確認してくる。

「俺に抱かれたいのか？」

「はい。だめでしょうか？」

湖白は頷き、上目遣いで尋ねた。

年上のジュチから見たら、湖白はまだ子どものように感じるのかもしれないが、金国では湖白の年齢ですでに元服して子を成している者もいる。

経験がないので夜伽の作法は詳しくないが、その分、湖白はジュチに求められれば今度こそなんでもしようと心に決めていた。

「だめではないが、まさかお前から誘われるとは思っていなかったから、戸惑うな。なぜ急にそのような気になった」

ジュチの手がするりと湖白の頰に下りてきて、指先でそっと撫でられる。

思いがけぬ湖白の申し出はジュチの機嫌をよくしたらしかった。

寝台に横座りになったまま、湖白を見つめるジュチの目は優しく細められている。

ジュチが自分を抱きたくないと思っているわけではないと知り、湖白はほっと息をついた。

「僕を抱けば、ジュチ様が狼になれるかもしれないと思ったので」

「……どういうことだ？」

「大ハーン様が僕に、ジュチ様に愛を教えてほしいと」

湖白が大ハーンから頼まれた内容を素直に説明すると、ジュチの表情はみるみるうちに強《こわ》張《ば》った。

「くだらぬことを」

ジュチは唾棄《だき》するように呟くと、湖白の頰から手を離した。

そして苛立った様子で、ブーツを脱ぎ始める。

「余計なことに気を回すな。俺はお前にそのようなことを望んでいない」

どうやらジュチの前で、大ハーンの名前を口にしたのは失敗だったようだ。

複雑な出生が影響しているせいか、ジュチは大ハーンをどこか苦手に思っている節がある。普段も用がなければ、大ハーンが静養している洞窟に極力近づこうとしない。それなのに湖白が勝手に大ハーンに会って、言付けを頼まれてきたのが面白くなかったようだ。

ジュチが湖白に背を向けて寝台に横になる。その背中に湖白は慌てて縋った。

「ならば、なぜ僕をオルドに迎えてくださったのですか？」

それは湖白が狼族にやってきたときから、ずっと疑問に思っていたことだった。ジュチが行く当てのない自分と花琳を守るために、仕方なくオルドに迎えてくれたことはわかっている。

――ジュチは優しいから。けれど、それ以外にも湖白はなにか理由が欲しかった。

大ハーンもバトゥもオゴタイも、湖白はジュチにとって特別だと言う。

偏屈で人嫌いのジュチが、初対面で湖白を気に入って、そばに置いているのだと。

けれど、ジュチは湖白に夜伽を命じようとしない。花嫁としてなにも役に立てないのに、ジュチが湖白をオルドに置いてくれているのはなぜなのか。

「男ならば他部族に奪われることがない。そう考えただけだ」

ジュチは湖白に背を向けたまま、低い声で呟く。

「戦で負ければ、女は他部族に奪われる。母のように辛い思いをする女が増えるのも、俺のように望まぬ子どもが生まれるのも、もう見たくない。だから俺は生涯妻を娶らぬつもりでいた」

ジュチは淡々とした口調で言うが、それはすごく寂しいことなのではないだろうか。

伴侶を持たず生涯一人で生きていくだなんて、よっぽどの覚悟がないとできないことだ。

ジュチはいつからそのような決意を胸を抱いていたのだろう。

自分のことを望まぬ子どもだと断言してしまっていることも、湖白は悲しかった。

大ハーンは決してジュチを愛していないわけではない。けれど、その気持ちがジュチにうまく伝わっていない。

ジュチは愛を知らないから――。

大ハーンが苦しげに呟いていた言葉が脳裏に甦《よみがえ》り、湖白の心を苦しくさせる。

「ジュチ様が僕をそばに置いてくださるのは、僕が男だから……？」

けれど、湖白がもっと悲しかったのは、その事実だった。確認する声が思わず震える。

もしかしたら、自分は少しだけジュチに好かれているのかもしれないなんて、勘違いしてしまって馬鹿みたいだ。

そんな相手から愛を教えてあげるなんて言われても、ジュチは迷惑だったに違いないのに。

自分が変なことを言ったせいで、もしジュチに嫌われたらと思うと、身が竦む。

「そうだ。お前が白鹿族の末裔で、男だから。……最初はそれだけの理由だったのだがな」

ジュチはそこで言葉を切ると、おもむろに後ろを振り返り、湖白を腕の中に抱き込んできた。

「ジュチ様?」

ジュチの腕に巻き込まれる形で、湖白は寝台の上に横向きになる。

しばらく正面から見つめ合うと、ジュチは湖白の前髪をかきあげて、額に優しく唇を寄せてきた。

(あ……)

ジュチがなぜ突然、そんな行動に及んだのかはわからない。

湖白が驚いて目を瞬かせていると、思いのほか近くにジュチの優しい視線があって、湖白の頬は一気に火照った。

(な、なに? 今の……)

心臓が痛いぐらいに早鐘を打つ。

湖白の勘違いでなければ、今のは接吻《せっぷん》だ。

幼い頃、母がよく湖白の頬や額にしてくれた、親愛の情を示すものではないだろうか。

ただし、母にされたときは、こんなに胸が騒ぐことはなかった。心から安心して、幸せな気持ちになれたのに、今日はなんだか落ち着かない。

「夜伽はお前にはまだ早い。俺の役に立ちたいと言うのなら、誰にも奪われぬよう、オルドの中でおとなしくしていろ」

ジュチはそう言うと、湖白を抱きしめたまま目を閉じる。

湖白がせっかく勇気を出して誘ったにもかかわらず、今日もなにもせず寝るつもりらしい。

ジュチにとって自分はまだ花琳と同じく、庇護対象でしかないのだと思い知り、湖白はうなだれた。

(失敗しちゃったな……。僕、ジュチ様のお役に立てる日はいつ来るんだろう)

なんだか自分一人が空回って、余計なことばかりしているような気がする。

ジュチは大人だから、面と向かって咎めたりしないが、もしかしたら不甲斐ない湖白に心の底ではうんざりしているかもしれない。

(ジュチ様に嫌われたくないのに、僕どこで間違えちゃったんだろう……)

夜伽を申し出たとき、ジュチは途中まで乗り気のように見えたのに。

自分の誘い方が悪かったのだろうか。これでは花嫁失格だ。

湖白はその夜、静かに寝息を立て始めたジュチの整った顔を切ない気持ちで眺め続けた。

＊

翌朝、朝食の支度が整うのを待っている間、花琳がジュチの膝の上に乗ってしきりに甘えていた。

「ねぇ、ジュチ。これはなに？」

花琳が壁際にかけられた木製の置物を指さし、ジュチに尋ねる。

「これは馬頭琴という楽器だ。宴や祭のときに演奏する」

楽器と聞いて、花琳はぱっと目を輝かせた。

「ひいて！　ききたい！」

「今は宴ではないからだめだ」

「やだ！　おねがい！　ちょっとだけ」

ジュチはため息をつくと、馬頭琴を構えた。さすがのジュチでも花琳のおねだり攻撃には勝てないようだ。

「一曲だけだぞ」

馬頭琴の調べが幕舎の中にゆったりと響く。

美しくもどこか物悲しい、憂いを帯びた響きだ。

花琳はジュチの膝にしがみついて、器用に動くジュチの指先を目を丸くして見つめている。

それを湖白は卓子の向かい側の席から、ぼんやりと眺めていた。

「ジュチ様の演奏を聞くのは久しぶりですね」

包子がのった皿を持って幕舎に入ってきたバトゥが、小声で湖白に話しかけてくる。

「あの馬頭琴は、ジュチ様のお母上のボルテ様がかつて使われていた品なんです。ボルテ様が亡くなられてからは、一度も弾こうとされなかったのに、ジュチ様も花琳様のおねだりには弱いんですね」

バトゥはどこか面白そうに口元に手を当てて笑っている。

食卓の向かい側では、花琳に「もっと！」と請われ、しかめ面をしたままのジュチが、もう一曲馬頭琴を奏で始めていた。

微笑ましい光景のはずなのに、湖白はバトゥと一緒に笑うことができなかった。

昨夜、自分が決死の思いで申し出た願いはジュチに聞き届けてもらえなかったのに、ジュチは花琳の願いならすんなり聞くのだと思うと悲しい気持ちになる。

いや、そもそも自分と花琳を比べること自体が間違っているのかもしれないけれど。

皆から愛される、天真爛漫な花琳。

花琳が成長したら、ジュチはやはり花琳を妻にしたいと言い出すかもしれない。

本当なら、花琳こそが狼族に望まれている正統な白鹿族の花嫁なのだから。

年頃になった花琳がジュチの隣に並んでいる姿を想像してみる。

今のように、二人仲良く睦《むつ》み合って、馬頭琴を奏でるのだろうか。

そのとき、自分はどこにいればいいのだろう。

（嫌だな、なんだろう。この気持ち……）

急に胸にせりあがってきた苦しい感情を、自分の中でうまく処理することができなくて、湖白は俯いた。

自分はジュチも花琳も大好きだ。

だから二人が結ばれて幸せになってくれたら、それは喜ばしいことのはずなのに。

ジュチが花琳を愛して、狼の姿になることができたら、大ハーンもきっと安心してくれる。

(どうしたんだろう。僕……ちょっとおかしい。ジュチ様を花琳に取られたくないと思うなんて……。ジュチ様はそもそも僕のものじゃないのに)

ジュチが自分をオルドの主に据え置いてくれているのは、自分が男で、白鹿族の末裔だから。他部族に奪われる心配がないという、ジュチの求める要件にたまたま合致しただけだ。

だから、今後もしジュチにほかに好きな人ができたら、自分はオルドを出ていかなくてはいけない。

自分はあくまでも仮初《かりそ》めの花嫁。一時的にジュチのオルドに置いてもらっているだけなのだから。

ジュチが花琳のために奏でている馬頭琴の調べが、胸に切なく響く。

これ以上二人の様子を見ていられず、湖白は立ちあがった。

「湖白様?」

「ごめん。奶茶を持ってくるね」

浮かない表情をしていることをバトゥに悟られないうちに、湖白は隣の幕舎へと足りない奶茶の器を取りに出た。

五.

空に暗雲が立ち込め、冷たい北風とともに草原に初雪が降った日の午後。

花琳とバトゥが外に遊びに出かけている間に、ジュチがいつもより早くオルドに帰ってきたかと思うと、湖白に馬乳酒《クミス》を出すよう要求してきた。

宴会でもないのに、ジュチがオルドで酒を飲むのは珍しい。何があったのか尋ねると、今日も大会議《クリルタイ》が荒れたようだった。

大会議とは、狼族の王族や重臣たちが集まって開かれる会議のことで、他国に対する戦争や掟《おきて》の制定、そしてハーンの決定までを執り行う狼族の最高意思決定機関である。

「黒豹族に対する制裁が甘いと詰め寄られたのだ」

「黒豹族？」

「かつて俺の盟友《アンダ》だった男が率いている部族だ。袂《たもと》を分かって、もう十五年になるか」

ジュチは湖白から馬乳酒を受け取ると、杯をぐいと飲み干した。

ジュチの話によると、狼族はかつて宿敵の金国を討つため、当時草原の勢力を狼族と二分していた黒豹族と手を結んだことがあったようだ。

しかし、黒豹族は途中で裏切り、狼族の集落を襲った。そのときに、バトゥの両親をはじめとする多くの狼族が巻き添えになり、命を落とした。

その後、狼族の反撃に遭い、黒豹族は滅亡したと思われていたが、近頃、かつてジュチと盟友の契《ちぎ》りを結んだ男が散り散りになっていた黒豹族の残党を束《たば》ね、不穏な動きを見せているという情報があがっているらしい。

「俺はまだ様子を見るべきだと思って出陣の命令を出していなかったのだが、チャガタイが勝手に討伐隊を出したらしくてな。どうやら先日の大会議で取り決めた内容について、チャガタイと記憶が違っていたらしい。どちらが正しいか口論になり、ずいぶん揉《も》めた」

ジュチが眉間の皺を揉む。会議に限らず、記憶違いで揉めることは多々あることだ。けれど、湖白はジュチがなぜここまで悩むのか、不思議でならなかった。

「あの、記録を見ればいいのではないでしょうか」

「記録?」

「はい。文字を使って、紙に書きとめておいたものです。狼族の大会議では、議事録をつける係の者がいないのでしょうか」

湖白が尋ねると、ジュチは顎先《あごさき》に手を当て、しばし考える素振りを見せた。

「そういえば、金国には文字というものがあるそうだな。商人たちがたまに使っているのを見かけるが、文字とはそれほど便利なものなのか?」

狼族が文字を持たない部族だったとは驚きだ。

湖白も政治のことについては李鵜に聞きかじっただけなので、うろ覚えだが、金国の議会では文官の手によって当たり前のように議事録が取られているはずだ。

議会だけでなく裁判や税の徴収、戦の仔細《しさい》についても逐一記録されており、為政者は府庫《ふこ》を訪ねることで、いつでも過去の実例を調べることができる。

「便利だと思います。ないよりはあったほうがたぶん」

湖白が頷くと、ジュチは興味を示したようだった。

「湖白は文字が書けるのか?」

「はい。あ、ちょっと待っててください」

たしか金国から持ってきた荷物の中に、紙と筆があったはずだ。

狼族に嫁いだあとも、どうにかして花琳に手紙だけでも出せないかと淡い希望を抱いて、書の道具だけは持ってきたのだ。

湖白はオルドの隅に置かせてもらっていた小さな行李を開けて、必要な道具を取り出すと、ジュチの座る卓子に戻った。

ジュチがじっと見つめる中、硯《すずり》の上で黙々と墨をする。準備が整ったところで、試しになんの文字を書いたらいいだろうとしばし考え、湖白は白い紙の上に筆を走らせた。

『朮赤』

「これは？」

ジュチが尋ねてくる。

「ジュチ様のお名前です。朮《じゅつ》はおけらという、夏から秋に白い小さな花をつける植物を意味する文字です。乾かした根茎《こんけい》は白朮《びゃくじゅつ》という薬にもなります。こちらの赤《ち》という文字は、そのまま色の名前で」

そこまで説明したところでジュチは立ちあがり、卓子をぐるりと回ると、湖白のそばにやってきた。そして、湖白の手元をもっとよく見ようと、背後から覆い被さる形で覗き込んでくる。

「湖白はどのような字を書くのだ？」

耳元で優しく囁かれる。

なんだか恥ずかしい。ジュチは湖白の書く文字が物珍しいだけだとわかっているのに、ジュチと密着した肌を妙に意識してしまい、頬が熱くなる。

先日、夜伽を申し出たときは、特に恥ずかしくなかったのに、最近の自分は少し変だ。夜、ジュチの腕に抱かれて眠るのが、以前より落ち着かなくなったし、間近にジュチのにおいを嗅ぐと、まるで熱に浮かされたようにぼぅっとしてしまう。

（いけない。ジュチ様のご質問に答えなくちゃ……）

「僕の名前は……」

湖白は気を取り直し、ジュチの名前の右隣に、自分の名前を書き加えた。

緊張して筆を持つ手が少し震えてしまったが、どうにか綺麗に書くことができた。

「美しい形をした文字だな。これはどういう意味だ？」

「白い湖という意味です。僕の名前は、母の故郷にあった美しい湖が由来になっていて、冬には湖面が白く凍って、とても幻想的な光景になるそうです。僕は実物を見たことがないんですけど……」

湖白が最後にぼそりとつけ加えると、ジュチはしばらく思案顔をしたあと、とても嬉しいことを提案してくれた。

「白鹿族がかつて住んでいた辺りにある白い湖ならば心当たりがある。今度連れていってやろうか？」

「本当ですか？」

「ああ。だが、長時間馬に乗ることになるぞ。耐えられるか？」

「大丈夫です。実は僕、馬に乗ってみたかったんです。この間は、ジュチ様の馬に乗せていただいていた花琳がちょっと羨《うらや》ましくて」

「ならば、お前も俺と同じ馬に乗せてやろう」

「あ……」

これではまるでジュチとの同乗をねだったようではないか。

恥ずかしくなって湖白は俯いた。

花琳が羨ましいと言ったのは、単純に馬に乗ったということで、ジュチとの同乗までねだるつもりはなかった。

自分はもう子どもではないのだから、さすがに図々《ずうずう》しいだろう。

すると、今度はジュチが不安そうに尋ねてきた。

「乗りたくないのか？」

「の、乗りたいです。でも、僕がずっと一緒に乗っていたらジュチ様が大変なんじゃ……。それに馬も疲れるだろうし」

「気にするな。美しい字を書いてもらったお礼だ」

ジュチは青銅製の文鎮をずらすと、二人の名前が書かれた紙を持ちあげ、嬉しそうにそれを眺めている。

「初めて自分の名前が好きになれそうな気がした」

それは湖白にとって、なによりの褒め言葉だった。

複雑な事情によって、大ハーンから「客人」を意味する名前をつけられてしまったジュチが、自分の名前にいい印象を抱いているはずがない。

幼い頃、李鵜に習って字の勉強をしておいてよかったと湖白は心から思った。

「これからは、湖白も大会議に出席して、記録を取ってもらえるか？」

「はっ、はい」

初めてジュチの役に立つことができそうな予感に、湖白は元気よく頷いたのだった。

＊

それからというものの、湖白は狼族の会議に引っ張りだこになった。

湖白だけでなく、李鵜も一緒だ。特に、大ハーンから狼族の掟の管理を任されているチャガタイは李鵜を気に入って、掟書の編纂《へんさん》を手伝わせているらしい。

会議のない日は、狼族の子どもたちを相手に文字を教える。湖白の開く講義には、ジュチをはじめ、文字に興味のある大人たちも参加して、ジュチのオルドはいつも人で溢れるようになった。

ジュチはひっきりなしに自分のオルドを訪れる人々にうんざりしていたようだが、狼族の仲間たちは湖白の講義にかこつけて、本当はジュチと近づきたかったのではないかと湖白は密《ひそ》かに考えている。

一族を率いるハーンなのに、私生活ではまるで人目を避けるように集落の片隅にオルドを構え、バトゥ以外に身の回りの世話を任せようとしないジュチを、以前は弟のオゴタイたちも扱いかねていたらしい。しかし、湖白たちが来てからは、ジュチの纏う雰囲気が少し柔らかくなったと、湖白は狼族のいろんな人から礼まで言われてしまった。

そんな束の間の平和が打ち破られたのは、しんしんと冷える冬の夜のことだった。

夜更け過ぎ、いつものようにジュチの腕に抱かれて眠りに就いていた湖白は、遠くから響く低い地鳴りのような音に目を覚ました。

馬の足音だろうか。数が多く、だんだん近づいてくる。

「ジュチ様。この音……」

ジュチは湖白より早く馬の蹄音に気づいていたのか、すでに寝台から起きあがり、民族衣装の上から甲冑《かっちゅう》を着込み始めていた。

「案ずるな。お前たちは俺が守る」

物々しいジュチの様子に湖白が不安を募らせていると、オルドの外で鐘が鳴った。

「黒豹族の夜襲だ！　女と子どもは岩の割れ目へ逃げろ！」

若い男の声だ。鐘を持って集落の各幕舎の間を馬で駆け回っているようだ。

「バトゥ、湖白を頼む」

ジュチは刀を腰に差してオルドの出入り口の布を払うと、隣の幕舎から花琳と李鵜を連れてやってきたバトゥに大声で命じた。

「湖白様、早く！」

バトゥに腕を取られ、湖白も外に連れ出される。

今から花琳や李鵜と一緒に岩の割れ目へ避難するのだろう。

「でも、ジュチ様が」

湖白は後ろを振り返った。ジュチは厩につないでいた馬に乗り、すでに遠くに駆けていってしまっている。

集落にはすでに火の手が迫っていた。夜襲を仕掛けてきた黒豹族が火矢を放ったらしい。近くの白い幕舎の屋根に引火した炎がめらめらと燃えあがり、夜空を不吉な赤い色に染めている。

昼間までの平和な雰囲気が一転、狼族の集落は戦場と化そうとしていた。

(これが夜襲……)

湖白は初めて目の当たりにする光景に、ごくりと唾を呑んだ。

戦の絶えない草原の部族に嫁ぐからには、いずれこういう事態に直面することも想像はしていたけれど、金国の後宮の奥深くで育った湖白と花琳にとって、次々に焼け落ちていく幕舎を見るのは衝撃的なものだった。

「あにうええぇ、こわいよ、こわいよ」

李鵜の腕の中で、花琳が恐怖に泣きじゃくっている。

「大丈夫。ジュチ様が守ってくださいます」

バトゥがいつになく強い口調で花琳を励まし、湖白の腕を引いてくる。

その言葉を裏づけるように、岩の割れ目へと急ぐ女性や子どもたちの流れに逆行して、馬に乗った甲冑姿の男性たちが次々とジュチのあとを追う。これから応戦に出るのだろう。

狼族は皆急な夜襲に慣れているのか、湖白や花琳ほど取り乱している者はあまりいなかった。子どもを連れた女性や老人たちは列を乱さず、岩の割れ目の入り口に着くと、子どもたちから順に洞窟の中へと滑らせていく。

「これで全員か？」

避難があらかた完了したのを見届けると、洞窟の奥から白い狼姿の大ハーンが現れた。

「テムジン！」

涙をいっぱい浮かべた花琳が大ハーンのもとへ飛びつく。

怖くて仕方なかったところに、友達の大ハーンの姿を見つけて安心したのかもしれない。

大ハーンは黙って花琳の体を受け止めると、涙で濡《ぬ》れた花琳の頬を優しく一舐めした。

「狼族の勇敢な戦士たちは、これしきの襲撃で負けはしない。夜が明けるまでの辛抱だ。安心して待っていろ」

大ハーンの力強い言葉に、狼族の女性や子どもたちの間にもほっと安堵の表情が広がる。

いくら夜襲に慣れていると言っても、皆やはり怖いものは怖かったのだろう。

病を得てもなお、頼もしい前ハーンの言葉はなによりの励みになったようだった。

（ジュチ様、どうかご無事で……）

今自分たちがこうして岩場に隠れている間も、ジュチたちは外で戦っているのだと思うと、湖白は気が気でなかった。

本当なら自分も武器を持ってジュチと一緒に戦えたらいいのだけど、普段ろくに鍛えていない自分がついていっても、足手まといになるだけだ。

それがわかっているから、ジュチは迷わず自分をバトゥに託したのだろう。

そのまま洞窟の中で不安な一夜を過ごし、外の喧騒《けんそう》が落ち着いた朝方、狼族の男性たちが岩の割れ目まで湖白たちを迎えに来てくれた。

どうやら大ハーンの言葉通り、無事黒豹族の襲撃を退けることに成功したらしい。

集落に戻ると、全焼した幕舎は湖白が最初に見た数戸だけだったようで、あとは大きな被害もなく、家畜たちも奪われることがなかった。

（ジュチ様……ジュチ様はどこだろう）

早くジュチの無事を確認したくて、白い朝靄《あさもや》に包まれている集落の中を湖白は懸命に見渡した。周囲では狼族の女性たちが、戦から戻ってきた夫との再会を喜び合っている。

深夜から朝方にかけて黒豹族と激しい戦いを繰り広げたのか、負傷兵の姿も目立つ。

しばらくして、湖白は馬に乗って凱旋《がいせん》してくる男たちの中に、オゴタイの姿を見つけた。

「やぁ、湖白くん。いいところにいた。兄様を運ぶのを手伝ってくれるかな」

オゴタイが乗っている馬の背にはもう一人、ぐったりとした様子のジュチが俯《うつぶ》せにもたれていた。

「ジュチ様！」

湖白は慌ててオゴタイのもとへ駆け寄った。

ジュチは意識を失っているようだ。長い黒髪を振り乱したまま、青い顔をして馬のたてがみに鼻先を埋《うず》めている。後ろに座るオゴタイに腰を支えられていなければ、今にも落馬してしまいそうな体勢だ。

「オゴタイ様。ジュチ様はどうされたのですか。まさか……」

湖白は唇をわななかせた。

ジュチの体からは濃い血のにおいが漂っている。どこか怪我をしているのだろうか。

「途中で肩に毒矢を受けてね。僕たちはすぐに手当するように言ったんだけど、どうしても最後まで自分が指揮を執《と》ると言って聞かなくて」

「ああっ、ジュチ様！　もしかしてまた⁉」

オゴタイの言葉を遮って、湖白の後方から駆けてきたバトゥが悲痛な声をあげる。

ジュチが怪我をして帰ってくるのは、これが初めてではないようだ。

「バトゥも苦労するね。毎回毎回……」

「本当ですよ。ジュチ様ったら、僕が何度言っても聞いてくださらないんですから」

バトゥが困り果てた様子でため息をつく。

「あの、ジュチ様の容態は……」

「心配しないで。しばらく寝込むかもしれないけど、命に別状はないよ」

「そうなんですか」

湖白はほっと胸を撫で下ろした。

オゴタイはそんな湖白の様子を見て、嬉しそうに目を細めた。

「ちょうどいい機会だ。兄様が目覚めたら、湖白くんからも叱っておいてもらえるかな。もう二度とこんなことはするなってね。兄様は頑固だから、いつも無理して戦われる癖があって、僕たちもいい加減困っていたところだったんだ」

「そうですね。ジュチ様も湖白様の頼みなら聞いてくださるかもしれません」

妙案を思いついたとばかりに、オゴタイとバトゥが頷き合う。

二人から期待を込めた目で見つめられ、湖白は戸惑うことしかできなかった。

＊

「ねぇ、あにうえ。ジュチ、いつまでおねんねなの？」

オルドの寝台に仰向けに横たわっているジュチを見て、花琳が心配そうに尋ねてくる。

ジュチの看病を始めて、すでに三日が過ぎていた。

左肩に受けた矢傷から広がった毒は依然としてジュチの体を蝕《むしば》んでいるようで、ジュチの意識はまだ戻っていない。高熱にうなされ、苦しそうに呻《うめ》くジュチの声を聞くたびに湖白は生きた心地がしなかった。

「かりん、はやくジュチとあそびたいな。ねてばっかじゃつまんないよ」

花琳もジュチが心配で仕方ないようで、頻繁にオルドを訪ねてきては、湖白の看病を手伝ってくれる。水で濡らした手拭いをジュチの額にのせる動作もだいぶ慣れた様子だった。

「わがまま言わないの。ジュチ様は体を張って僕たちを守ってくださったんだから。早くよくなるように花琳もお祈りして」

「うん」

湖白が頭を撫でると、花琳は素直に目を閉じて祈り始める。

しかし、しばらくすると、こっくりこっくりと船を漕《こ》ぎ始めてしまった。

普段だったら花琳はすでに寝ている時間だ。けれど、夜通しジュチの看病を続ける湖白につき添って、今日は自分もがんばると言って聞かなかったのだ。

「湖白様。ジュチ様の看病でしたら僕が代わりますので、そろそろ休まれてはどうですか?」

そこにバトゥが、新しく水を張った盥《たらい》を両手にやってくる。

「ううん。僕にやらせてほしいんだ。バトゥは花琳を先に寝かせておいてくれるかな」

半分以上夢の中に意識を飛ばしてしまっている花琳をバトゥに託し、湖白は二人を隣の幕舎へ見送った。

バトゥだけでなく、狼族の女性たちも何人かジュチの看病の手伝いを申し出てくれたが、湖白は誰にもこの仕事を任せたくなかった。

ジュチが戦で怪我をしたのは、自分たちを守るためだ。矢傷を負ったあとも無理して戦の指揮を執り続けていたのも、ハーンとしての責任感からだったのだろう。

だから、ジュチの看病は自分が責任をもって引き受けたいと、湖白は考えていた。

自分はそれぐらいしかジュチの役に立てることがないだろうから。

(ジュチ様……みんなジュチ様を心配しています。早く目を覚ましてください)

深く眉間に皺を寄せたまま、苦しそうに胸を上下させているジュチの額に手を当てて、湖白は何度も心の中でジュチに呼びかけた。

金国と比べて狼族には常備されている薬の種類が少なく、解毒剤らしきものは一応飲ませたが、効き目が薄い。看病といっても、基本はジュチの体力と自然治癒力に任せるしかないようだった。

ジュチの額に浮く汗をこまめに拭い、冷やした手拭いで体表の熱を吸い取ってやることしかできない自分を湖白は歯がゆく思った。

それからどれぐらい時間が過ぎただろう。

夜半過ぎに、天井から吊るしたランプに油を注《つ》ぎ足し、寝台のそばに戻ってきたところで、湖白はジュチがうっすらと青い瞳を開けているのに気がついた。

「ジュチ様！」

湖白はすぐに枕元に顔を近づけた。

「気がつかれましたか？」

「……湖白か」

「はい。僕です」

聞き取るのもやっとの小さな声だったが、ジュチが自分の名前を呼んでくれたことが嬉しくて、目尻にじわりと涙が浮く。

「お水は飲めそうですか？　お一人で飲めないようでしたら、僕がお手伝いしますので」

ジュチはまだ意識が朦朧《もうろう》としているらしい。乾いた唇に水呑みの縁をそっと当てても、唇の端から水を零してしまう。

「失礼します」

湖白は思いきって水を自分の口に含み、口移しでジュチに水を飲ませた。

恥ずかしがってばかりもいられない。ジュチの体に入った毒を、早く外に流し出すことを優先しなくては。

水を飲むと、ジュチの意識は先ほどより少し鮮明になってきたようだ。

まだ辛そうな表情ではあるが、湖白の動きを視線だけで追ってくる。

「すまない。無様なところを見せたな」

「なにを言っているんですか。ジュチ様が夜襲から僕たちを守ってくださったおかげで、みんな無事でいます。感謝するばかりで、誰もジュチ様を責めようなんて思いませんよ」

湖白の言葉を聞くと、ジュチは少しほっとしたようだった。

意識を失っている間も、狼族の皆の安否を心配していたのかもしれない。

「でも、どうしてこんな無茶をされたんです。怪我を負ってもなお、軍の指揮をやめなかったと聞きました。オゴタイ様もずいぶん心配されてらしたんですよ」

湖白はオゴタイから頼まれていたことを思い出し、ジュチに尋ねた。

狼族の民を守ることを優先するあまり、ジュチはいつも戦場で無理をする癖があるとオゴタイは言っていた。

それはハーンとして素晴らしいことだけれど、湖白としては、ジュチ本人の体をもっと大切にしてもらいたい。

「仕方ないだろう。無理をしてでも、俺は……蒼き狼の末裔であるという証《あかし》を、立てなくてはならないのだから……当然だ」

ジュチが苦しげに口にしたその理由に、湖白は胸を衝《つ》かれたような気がした。

蒼き狼の末裔――大ハーンの実の息子であることを証明するため、ジュチは幼い頃からもっとも激しい戦場を率先して引き受けるよう、母親に躾けられたと聞いた。

大人になっても群れの中で一人だけ狼の姿になれず、疎外感を感じ続けていたジュチが唯一、自分の中に大ハーンと同じ血が流れていることを証明する手段が、戦功を挙げ続けることだったのかもしれない。

（でも、そんなことしなくても、大ハーン様はジュチ様を本当のお子様だと思ってらっしゃるのに……）

大ハーンだけでなく、バトゥもオゴタイも……きっとチャガタイも。

狼族の仲間たちは、ジュチがたとえ蒼き狼の血を継いでいようといなくとも、ジュチを自分たちのハーンとして受け入れているように見える。

狼の姿になれない分、ジュチが誰よりもハーンとして相応《ふさわ》しくあろうと常に努力しているのを知っているからだろうか。

「無理をして戦われなくとも、ジュチ様はもう十分に蒼き狼です。僕にとっても、みんなにとっても、狼族のハーンはジュチ様以外にありえません。お願いですから、もっと体を大事になさってください。ジュチ様にもしものことがあったら、僕は……」

ジュチを鼓舞しようと紡いだ言葉は、後半になるにつれて涙声になってしまった。

花琳にわがままを言うなと諭したばかりなのに、これでは自分のほうが聞き分けのない子どものようだ。

けれど、このまま無茶な戦い方を続けていたら、いずれジュチは死んでしまうかもしれない。ジュチが自分を置いていなくなるのかと思ったら、恐ろしくてたまらなくなった。

いつの間にかジュチの存在が、これほどまで大きく自分の心の中を占めていたなんて。

ジュチがいなくなったら、自分は誰の胸で泣けばいいのだろう。誰の腕に抱かれて眠ればいいのだろう。

誰にも頼ることができなかった湖白に、初めて他人に甘えてもいいのだと教えてくれたのはジュチだった。いつも花琳を優先して生きてきた湖白が、初めて花琳に譲りたくないと思った相手がジュチだ。

そして今も、ジュチをいつか失うことを想像するだけで、自分では制御できないほどに感情が乱れて、涙が止まらない。

（そうか。僕……ジュチ様のことが好きなんだ……）

声には出さず呟くと、自分の気持ちがすとんと心の中に落ちてきた。

自分がずっとジュチに抱いていた思慕は、家族の愛情ではなく、恋心だったのだろう。

誰かに恋をするなんて初めてで、これが本当に恋かは自信がないけれど、手を伸ばしてジュチの左胸にそっと触れてみる。静かに鼓動を刻むジュチの生命を感じるだけで、泣きたいほどに幸せな気持ちになる。

こんなにぐちゃぐちゃで形もなく、強く相手に焦がれる気持ちを恋と呼ぶのなら、自分はとっくにジュチに恋をしているのだろう。

自分の中にこれほど熱い気持ちが眠っていたなんて、知らなかった。

嗚咽を零すたびに胸の奥が焼けるように熱い。

「泣くな。お前に泣かれると、俺はどうしたらよいかわからなくなる」

「……っ、すみません」

湖白が啜り泣いていると、ジュチは緩慢な動作で右手を持ちあげ、湖白の頭を自分の胸に抱き寄せてくれた。

「心配をかけて悪かった」

そう言うと、ジュチは目を閉じ、再び昏睡《こんすい》状態に陥った。

＊

それから二晩経ってもジュチの熱は下がらなかった。

ジュチの体に入ったのは、今までになく強い毒だったらしい。

命に別状はないと言っていたオゴタイたちも、日に日に悪化していくジュチの容態を見てさすがに心配になったのか、ジュチに万が一のことがあった場合の対処を決めるために、昼から会議を開いているようだ。

（どうしよう。ジュチ様がこのまま目を覚まさなかったら……）

湖白の頭によぎるのは、悪い結末ばかりだ。

自分にほかになにかできることがあればいいのに。

湖白が頭を抱え悩んでいると、産毛に覆われた硬いものが指先に触れた。

（あ……そうだ。僕の角……）

どうしてもっと早く気がつかなかったのか。

以前、兄に切り落とされたときから二ヶ月が過ぎ、鹿の角がだいぶ伸びてきていた。

自分の角にまだ効能があるのかはわからない。

けれど、もしうまく使えれば、滋養強壮の薬になるはずだ。

これ以上ジュチが苦しそうに呻く姿を見ていられず、湖白はオルドから飛び出した。

隣の幕舎に駆け込むと、李鵜がちょうど夕飯の支度を始めていたところだった。

バトゥと花琳は、羊の世話にでも出かけているのか、留守にしている。

「お願い、李鵜。僕の角を切って」

李鵜は湖白の願いを聞くと、驚いたようだった。

「なにをおっしゃっているのですか、湖白様。ハーンが寝込んでいる今なら、狼族から逃げ出すまたとない機会です。蛮族のハーンのために、なぜそこまでするのです?」

けれど、湖白としては、李鵜がいまだに狼族のことを蛮族と思っていることのほうが意外だった。狼族の集落で暮らし始めて二ヶ月が過ぎ、李鵜も狼族での暮らしにだいぶ慣れてきたと思っていたのに。

「蛮族なんかじゃないよ。ジュチ様や狼族のみんなは、父上や兄上たちよりよっぽど僕や花琳に優しくしてくれた」

「それこそ騙されているのです。ハーンは湖白様や花琳様に取り入って、金国の機密情報を盗もうとしているのかもしれません」

李鵜の目つきがいつになく険しい。今日の李鵜はなんだか様子が変だ。

「なに言ってるの、李鵜。ジュチ様がそんなことするわけないよ。これだけよくしていただいているのに、李鵜はまだジュチ様のことが信じられないの？」

湖白は李鵜の肩を両手で揺すった。

李鵜がなぜそこまで狼族を嫌うのかがわからなかったからだ。

「……私の故郷の江州《こうしゅう》はかつて狼族の襲撃に遭い、村ごと燃やされました。私は幸い、妻と子どもを連れて命からがら逃げることができましたが、老いた両親を連れていくことはできませんでした。ハーンのお人柄が思いがけずよい方だというのは、ここ二ヶ月の暮らしでそれなりに理解しているつもりですが、私はそれでも狼族を許すことができません」

李鵜が拳《こぶし》を握り、苦虫を噛み潰したような表情で言う。

それは湖白も初めて知る事実だった。李鵜は普段あまり自分のことを語らない。宦官として後宮に出仕する前は、府庫の役人をしていたことぐらいしか湖白は知らなかった。

「ごめん。僕……李鵜のご両親にそんなことがあったなんて知らなくて」

「いえ、湖白様のお耳に入れるべきことではないので」

湖白が謝ると、李鵜はやるせない表情でうなだれた。

狼族を恨む気持ちは、李鵜の中でもまだ処理しきれない感情なのかもしれない。

だが、できることなら湖白は李鵜にジュチを嫌ってほしくなかった。自然と狼族を庇うような口調になってしまう。

「でも、それ本当に狼族の人がやったのかな？　李鵜の故郷の村に住んでいた人を皆殺しにするなんて、ジュチ様や大ハーン様がそんなむごい指示をするとは、僕はとても信じられないよ」

「しかし、私は見たのです。黒い獣の耳を持った男たちが、目にも止まらぬ速さで大地を駆けて、私の村に次々と襲い来る姿を……」

そのときの恐怖を思い出しているのか、李鵜がわなわなと唇を震わす。大きく見開いた両目は、なにかに憑《とりつ》かれているかのように忙《せわ》しなく左右を見渡していた。

「李鵜。お願い。恨むのはもう終わりにしよう。僕は李鵜もジュチ様も好きだよ。二人が憎み合うのは見たくない」

痛々しい李鵜の様子をこれ以上見ていられず、湖白は李鵜の両手を取り、必死に訴えた。

過去の記憶に苦しむ李鵜を救うためにも、ジュチの体を早く治して、ジュチの口から直接、李鵜の村を襲ったのは本当だったのか、説明してもらいたい。

長年つき従ってくれた李鵜よりも、ジュチの言葉を信じたいだなんて、自分はどれだけジュチに傾倒しているのだと呆れてしまう。

それほどまでに、自分はジュチが好きなのだ。でなければ、自ら角を差し出そうなんて思わない。

兄に定期的に角を献上していたときは、義務感と嫌悪しか抱かなかった。

けれど、今は違う。

ジュチが好きだから、ジュチの役に立ちたいと思う。

単純がゆえに強いその情動は湖白の体を突き動かし、湖白の声を大きくさせる。

「ここに初めて来たとき、僕はジュチ様に命を救っていただいた。だから今度は僕がジュチ様を助けたいんだ」

心を込めて懇願しても、李鵜はなかなか頷いてくれない。

湖白の角を切ることに、耐えがたい痛みを伴うことを知っているからかもしれない。

心優しい李鵜に残酷な作業を頼むのは酷かもしれないと考えた湖白は、李鵜に見切りをつけて、違う幕舎へと向かった。

まだ会議が終わっていなければ、集落の中央の幕舎にたくさん人が集まっているはずだ。

その中の誰かに頼んで角を切り落としてもらおう。

突然こんなことを頼んだら、狼族の人たちは驚くかもしれない。

けれど、ジュチの命を救えるなら、なんだってする。どんな痛みがあったって構わない。

やっと見つけた、自分がジュチのためにできる、最大の献身だ。

会議場となっている幕舎の入り口の布を開けると、オゴタイを中心に円座になって座る狼族の男たちの姿が見えた。

「なんの用だ、小僧」

出口に一番近い位置に座っていたチャガタイに声をかけられる。

チャガタイの体のそばに刀が置かれているのを見つけた湖白は、その場に膝をつき、迷わずチャガタイの腕に取り縋った。

「お願いです、チャガタイ様。今すぐ僕の角を切ってください！」

思いもよらない願いを口にした湖白を見て、チャガタイは大きく目を見開いた。

＊

ジュチが意識を取り戻したのは、それから三日後の朝だった。

「よかった。気がつかれましたか？」

看病の傍ら、いつの間にか自分もジュチの枕元に顔を伏せて眠っていたらしい。

湖白が顔をあげると、ジュチは目敏く湖白の頭にある傷口に気づいたようだった。

「湖白。どうしたのだ。角が……」

ジュチは痛ましげに顔を歪めて、言葉を失ってしまう。

小指の先ほどの長さに伸びていた黒い角は見る影もなく削《そ》ぎ落とされ、赤い血を滲ませている。止血はしたつもりだが、ほとんどが血液や骨髄液で造られている角袋を切り落とした痕《あと》は、見るに堪えないものだったのだろう。

「チャガタイ様にお願いして切っていただいたのです。僕の角に薬としての効能がまだあるかはわからなかったのですが、ジュチ様のお加減が少しでもよくなればと思いまして」

湖白が説明すると、ジュチは信じられないものを見るように、大きく瞬きをした。

「俺に、お前の角から作った薬を飲ませたのか？」

「はい。差し出がましいことをして申し訳ございませんでした」

角袋を切り取って、乾かすのに丸二日。乳鉢《にゆうばち》ですり潰して粉末状にしたものを、ようやくジュチの口に運ぶことができたのは昨夜のことだった。

「いや、怒っているわけではない。なぜそんなことをしたのかと訊いているのだ。せっかく生えてきたばかりだったのに、俺などのために使ったりして、痛かったであろう？」

「いいえ。お役に立ててよかったです」

心からそう思い、湖白は首を横に振った。

今まで忌み嫌ってきた自分の角だが、ジュチのために活《い》かすことができてよかった。

鹿茸が効いたのか、ジュチの顔色はだいぶよい。意識もはっきりと戻ったようだ。

「お前にはいつも驚かされることばかりだな」

ジュチが手を伸ばし、湖白の頬に触れてくる。

角を切ったばかりの傷口は今もじんじんと痛むけれど、ジュチに優しく触れられると、それだけで痛みがやわらいでいくような気がした。

恋とは不思議だ。ジュチの容態が悪いときは嵐のように荒れ狂っていた心が、今は春の海のように穏やかに凪《な》いでいる。

自分の頬を撫でてくれるジュチの手が愛《いと》しくて、湖白は両手でそれを包み、そっとそこに頬ずりをした。

「改めて礼を言う。褒美が欲しければ、なんでも言うといい」

「なにもいりません。ジュチ様が元気になってくだされば、僕はそれで……」

湖白が素直に答えると、ジュチは少し困ったようだった。

「お前は欲がなさすぎる。俺がお前になにか礼をしたいのだ。なんでもいいから言ってみろ」

そう言われ、湖白は少し考えたあと、控えめに願いを口にした。

「でしたら、早く元気になって、僕を湖に連れていってくださいませ。先日約束してくださった、僕の名前の由来となった白い湖に」

もしかしたらジュチはもう忘れてしまっているかもしれないが、湖白はその約束をとても楽しみにしていた。

自分の名前の由来となった、白く凍った美しい湖面をジュチと一緒に見に行きたい。できたらジュチと二人きりがいい。

ジュチと同じ馬に乗せてもらって、ジュチとたくさん話がしたい。

ジュチの好きな食べ物、好きな曲、幼い頃の話——話題はなんでもいい。その時どきに馬上から眺める美しい景色《けしき》を楽しみながら、ジュチと二人きりの時間を過ごしたい。

「ああ、そうだな。お前のために、早く元気になろう」

ジュチが目を細め、柔らかな笑みを浮かべる。

その瞬間、湖白は「あ」と息を呑んだ。

(ジュチ様が笑ってくださった……)

滅多に笑わないジュチが笑ってくれた。

たったそれだけのことが、今にも飛びあがりたくなるぐらい嬉しいなんて。

ジュチにもっと笑ってほしい。

他愛のないことでも構わないから、もっと幸せを感じてほしい。

ジュチの笑顔を増やすためなら、湖白はなんだってできるような気がした。

「ありがとう、湖白。お前をオルドに迎えることができて、俺は幸せだ」

湖白は幸せな気持ちで、ジュチに引き寄せられるまま、ジュチの胸元に顔を埋めたのだった。

その日を境に、ジュチの容態は徐々に快方に向かっていった。

食欲も出てきて、日中は寝台の上で起きあがっていることも多い。

湖白が自分の角を代償にジュチの命を救った話は瞬く間に集落中に伝わったらしく、湖白は毎日のようにオルドを訪れる見舞い客からしきりに勇気を褒め称《たた》えられた。

特に、湖白の角を直接刀で切り落としたチャガタイは、湖白の献身に強く心を打たれたようだ。以前は男嫁など絶対に認めないと強硬な態度を貫いていたチャガタイが、「これでも兄上に食べさせてやれ」と栄養価の高い羊肉や乳製品をこっそり湖白に手渡してくるようになった。

微笑ましい変化はそれだけではない。

湖白とオルドに二人きりでいるとき限定ではあるが、ジュチが以前より頻繁に笑顔を見せるようになったのだ。

体を拭いたあとや食事の介助をしたあとには必ず、はにかむような笑みとともに「ありがとう」と言ってもらえるのが嬉しくて、湖白はますますジュチの看病に力を入れた。

そして暇さえあれば、ジュチは視線で湖白の動きを追ってくる。

意識しないようにしていても、ジュチから向けられる甘やかな、それでいて熱っぽい視線は、湖白のうなじをちりちりと焦がし、いつも落ち着かない気持ちにさせた。

「なにか用ですか?　ジュチ様」

「用がないと、お前を見てはだめなのか?」

「だめということはありませんけど……」

なんだか恥ずかしい。ジュチに見つめられるのは嬉しいけれど、さすがに四六時中というのは高鳴る鼓動が持ちそうにない。

だが、湖白相手に軽口を叩く元気が出てきたということは、もうすぐ床払いができそうだ。

そう思い、湖白が安心した日の午後、オルドに思いがけない客がやってきた。

「邪魔をするぞ」

「大ハーン様」

なんの前触れもなしに現れた白い狼姿の大ハーンに驚いて、湖白は彼を慌ててオルドの中に招き入れた。

ジュチの弟たちや、狼族の重臣たちは、もう何度もジュチの見舞いに訪れているが、大ハーンがやってくるのは初めてだったからだ。

「大ハーン様。お体の具合はよろしいのですか?　本来でしたら僕がジュチ様のご容態をお伝えしに伺うべきところを申し訳ございません」

「構わぬ。お前もジュチの看病で忙しかったのだろう。見舞いの品を持ってきた。これでもあやつに食わせておけ」

大ハーンが口に咥えて持ってきてくれた羊肉をありがたく受け取り、湖白は彼をジュチの枕元へと案内した。

大ハーンは以前見たときよりも少し痩《や》せたようだった。毛艶もあまりよくない。決して体調がいいわけではないのだろう。

それにもかかわらず、遠い岩場の洞窟からジュチの見舞いに来てくれたことが嬉しくて、湖白は顔を綻《ほころ》ばせた。

「父上……」

大ハーンの姿を認めると、ジュチは寝台から起きあがって、寝間着姿のまま畏《かしこ》まった様子で頭を下げる。

「無様なものだな、ジュチ。一族を率いるハーンともあろう者が、いったいいつまで寝込んでおる」

わざわざそんなことを言いに来たわけではないだろうに、大ハーンはジュチを前にすると、素直に言葉が紡げないようだった。

「申し訳ございません」

それに向かい合うジュチもとても硬い表情をしている。

まるで親子の会話とは思えない。

二人の間に漂う緊張感に湖白がおろおろとしていると、李鵜が両手に持った盆の上に湯呑みをのせて、幕舎に入ってきた。

寝台のそばに大ハーンの姿を見つけると、李鵜はわずかに息を呑んだようだった。

先日、湖白が必死に頼み込んだおかげか、李鵜は狼族への複雑な感情は押し殺すことに決めたようで、変わらず湖白たちの身の回りの世話を焼いてくれている。

「ありがとう。李鵜」

盆の上から薬湯の入った湯呑みを受け取り、湖白は李鵜に礼を言った。

今日も薬湯の中には、湖白の角から取った鹿茸を溶かしてある。

薬の知識がない湖白の代わりに、狼族の医師たちと相談して、毎日ジュチの体調に合わせた薬の調合をしてくれているのも李鵜だ。

内心どう思っているのかはわからないが、李鵜はジュチを助けたいという湖白の気持ちを汲《く》んでくれたのだろう。

「今、大ハーン様の分のお茶もお出しします」

「うん。お願いできるかな」

そう言って、下がっていこうとする李鵜を笑顔で見送り、湖白はジュチに薬湯の入った湯呑みを手渡した。

「はい、ジュチ様。今日のお昼の分です」

「うむ」

ジュチが頷き、湯呑みに口をつける。その瞬間だった。

「ジュチ、その湯を飲むな！」

大ハーンが突然寝台に飛び乗り、ジュチが今まさに口をつけようとしていた湯呑みを前脚で突き飛ばす。

「大ハーン様？」

いったいどうしたのかと湖白が目を瞠《みは》ると、大ハーンは険しい表情で後ろを振り返り、幕舎の出口の布をくぐろうとしていた李鶫を睨んだ。

「なんのつもりだ？ 毒を盛るなど」

「毒……？ 大ハーン様、いったいなんのことですか。李鶫が持ってきてくれたのは、僕の鹿茸を溶かした薬湯で」

「たしかにお前の角も入っているな。だが、このにおい。微量だが、鳥兜《とりかぶと》か？」

大ハーンが鼻をすんと鳴らす。

湖白はなにも感じなかったが、狼の鼻を持つ大ハーンだけが異常なにおいを感じ取れたのだろう。寝台の上でジュチも驚いた顔をしている。

「答えろ、金国の狗《いぬ》めが！ おぬし、ジュチになにを飲ませようとした！」

激昂した大ハーンが牙を見せ、李鶫を威嚇する。

もし本当に烏兜だとしたら猛毒だ。そんなものを飲ませたらジュチがどうなるかぐらい、賢い李鵜ならわかっているはずだ。

まさか、李鵜は本当にジュチを毒殺しようとしたのだろうか。

嫌だ。そんなの、信じたくない。

李鵜は人を殺せるような性格じゃない。それは長年ともに暮らしてきた湖白が一番よく知っている。

「嘘だよね、李鵜……」

李鵜は真っ青な顔をして、ぶるぶると両手を震わせている。なんだか様子がおかしい。

尋常ならざる様子に違和感を覚え、湖白が名前を呼んだ瞬間、李鵜は隠し持っていた懐《ふところ》刀《がたな》を右手に持って、寝台にいるジュチに襲いかかってきた。

「う、うわあああ！」

「ジュチ様っ！」

湖白が咄嗟《とっさ》にジュチの体に覆い被さるより早く、白い影が凶刃の前に飛び出し、赤い血を散らした。

「っ！」

「父上っ！」

ジュチが叫ぶ。ジュチを庇って、李鵜の刀を胸に受けたのは大ハーンだった。

「うつけが。下がっていろ」

大ハーンは牙の間から血を吐きつつも、前脚で果敢に李鵜に跳びかかり、李鵜の薄っぺらい老体を床の上に押し倒した。

李鵜はなおも錯乱した様子で刀を振り回している。

大ハーンが李鵜の首に噛みつく。尖った牙が急所を突き、李鵜の絶叫がオルドに木霊《こだま》した。

「李鵜っ！　大ハーン様！　やめて」

湖白の制止も聞こえていないのか、今度は李鵜が反撃に打って出る。死にもの狂いで、刀を振り回し、大ハーンの白い体のあちこちを刺しまくる。

「っ、父上！」

病みあがりの万全ではない体に鞭打《むちう》ち、ジュチが寝台から下りて、李鵜の体を取り押さえる。大ハーンに首を噛まれたまま、断末魔の悲鳴をあげる李鵜の手から刀を叩き落とす。

「誰か！　大ハーン様が！」

騒ぎを聞きつけたバトゥが隣の幕舎からやってきて、オルドの惨状を目の当たりにすると、真っ青な顔をしてすぐさま人を呼びに行った。

すべてあっという間の出来事だった。

「李鵜……どうして……？」

目の前で起きた出来事が信じられず、湖白はよろめく足取りで李鵜のもとへ近づいた。

寝台の周りの床には、李鵜のものか大ハーンのものか判別のつかない血がしとどに溢れ、若草色の絨毯を赤く染めている。

床に仰向けになっている李鵜を湖白が抱き起こすと、すでに虫の息だった。

もう李鵜を取り押さえる必要はないと判断したのだろう。

湖白の隣ではジュチが、李鵜の首を噛んだままぴくりとも動かなくなった大ハーンの体を両腕に抱き、「父上！　父上！」と何度も呼びかけている。悲痛な声だ。血にまみれた大ハーンの白い毛並みが痛々しい。

「お許しください、湖白様……。花琳様につき従って、狼族の集落に来たときから……。城下に住む、家族の命を楯に取られ……脅されて、いたのです……。狼族の……ハーンの、首を取ってこいと」

湖白の腕の中で大きく喘鳴《ぜんめい》を繰り返しながら、そこまで告げると、李鵜はがっくりと首を傾けた。

「李鵜っ！」

嘘だ。李鵜が……死んだ？

悪夢のような惨劇に湖白が呆然自失としていると、ぐったりと力の抜けた李鵜の体から一羽の小さな黒蝶が舞いあがった。

いつから李鵜の体にとまっていたのだろう。

黒蝶は李鵜の死を見届けると、用は済んだとばかりに、バトゥが開け放していったオルドの出口へと羽ばたいていく。

しかし、それより早く、ジュチが黒蝶を手の中に捕まえ、容赦なくその体を握り潰した。

その瞬間、黒蝶が短冊状の白い紙きれに変わる。紙の表には細かい文字がびっしりと書かれているのが見えた。

「これは金国の巫者が使う札だ。お前の従者は操られていたのか?」

ジュチはとても昏《くら》い目をしていた。以前もこれと同じ形の呪いを金国の巫者から受けたことがあるのかもしれない。

しかし、問われても、湖白にはわからなかった。

李鵜が金国を出る際にジュチの首を取るよう密命を受けていたことも、巫者に操られていたかどうかも……湖白はなにひとつ知らなかった。

李鵜の死の直後、黒蝶が舞いあがったのは、金国にいる巫者に作戦の失敗を伝えるためだろうか。李鵜は家族の命を楯に取られ、ずっと金国の巫者に監視されていたのかもしれない。

しかし、真相を知る李鵜はすでに絶命している。これでは李鵜に密命を与えた黒幕が誰なのか確かめることができない。

「これが金国のやり方か? お前の従者を脅し、下劣な方法で俺の首を狙うことが、大国のやることか!」

腕の中で冷たくなった大ハーンの体を抱き、ジュチが声を震わせる。

ジュチの慟哭《どうこく》に応えるように、オルドの出入り口からバトゥに呼ばれた人々が雪崩《なだ》れを打って入ってきて、帰らぬ人となった大ハーンの名を口々に叫ぶ。

「も、申し訳ございません。ジュチ様。僕……」

もういったいなにに対して謝ったらいいのかわからない。

李鶏の異変を見抜けなかったこと？　それとも、李鶏を連れて狼族の群れにやってきてしまったこと？

自分の犯した罪の重さに眩暈がする。

李鶏の死も、大ハーンの死も悼《いた》む余裕すらなく、血のにおいが充満するオルドの中で湖白は一人、ジュチに謝り続けることしかできなかった。

＊

翌日、草原には雲一つない澄み渡った青空が広がっていた。

祭司による祈禱《きとう》を受けたあと、大ハーンと李鶏の遺体は木の棺に収められ、集落の外れにある墓地に運ばれた。

墓地には墓がばらばらに建っていた。ほとんどの墓は、埋葬された遺体の頭の位置に石碑が建っている。木の柵や金属の柵で囲ってある墓もある。

その中でも、最も奥に位置する見晴らしのよい高台に、狼族の歴代のハーンが眠る墓があった。大ハーンの棺はその中に、李鵜の棺はここより少し先に進んだ場所にある無縁者用の墓にそれぞれ埋められることになっている。

大ハーンの棺を土の中に納め、その上に真新しい土盛りをすると、白い服を着た祭司がカターと呼ばれる儀式用の青いスカーフを両手に持って、土盛りの前に跪いた。地下に眠る大ハーンの足の辺りだ。土盛りに覆い被さるように地に伏して、祈りを捧《ささ》げる。

それを湖白は、墓前に供えるろうそくを両手に切なく見守っていた。湖白の隣には花琳もいて、しきりに洟を啜っている。

「いやだよぉ……テムジン……、りう……」

幼い花琳はまだ大ハーンと李鵜の死を正確に理解しているわけではない。

それでも、二人にはもう二度と会えないことを湖白が説明すると、じわじわと悲しみが込みあげてきたらしい。

花琳が李鵜の名を口にするたびに、葬儀に参列する狼族が困ったような表情で湖白たちを見つめてくるのがわかり、湖白は肩身が狭い思いをした。

つい先ほども、真っ赤な顔をしたチャガタイから、湖白は激しい口調で責められたばかりだったからだ。

『お前が来なければ、父上は死なずに済んだのだ！　この疫病神！』

チャガタイの言葉がずきりと胸の深いところに突き刺さる。

鹿の角を切り落としてジュチの命を救ったことで、せっかくチャガタイの信用を得始めていたところだったのに、これではすべてが台無しだ。

隣にいたオゴタイが必死にチャガタイを宥《なだ》めていたが、狼族のほかの人たちもきっとチャガタイと同じ気持ちだったに違いない。

『此度《こたび》の件は、湖白たちの責任ではない。従者の異変に気づかなかったのは、俺の過失だ。そして父上を守りきれなかったことも……。だから、責めたければ俺を責めるがよい』

ジュチがそう言って、李鵜が突然の凶行に及んだのは、金国の巫者に操られていたせいだと皆に説明してくれなければ、自分たちは今頃どうなっていただろうか。

皆、口に出して不満は述べなかったが、ジュチの命令で李鵜の遺体までもが狼族の墓地に埋葬されることになったのを、快く思っているはずがない。

ジュチの寛大な処置はありがたかったが、今はとても辛くも感じた。

「花琳。お願い。泣きやんで。花琳がいつまでも泣いてちゃ、大ハーン様たちも安心できないよ」

「あにうぇ……」

いつまでも泣き続ける花琳をどうにか宥めようと、湖白は花琳の頭を自分の体に抱き寄せた。

花琳の泣き声を聞きながら、湖白にもようやく実感が湧《わ》いてくる。

大ハーンも李鶍も、もうこの世にいないのだ。

特に、幼い頃から自分たちの身の回りの世話を焼いてくれた李鶍の死は、衝撃が大きかった。

李鶍に裏切られたことも辛かったけれど、金国から受けた命令と湖白たちへの忠義の狭間《はざま》で、長らく苦しんだであろう李鶍の心中を想像するだけで、湖白は針を飲むような気持ちになった。

(それもこれも全部、僕が花琳の身代わりで狼族に嫁ぐなんて言ったせいだ……)

唇を噛みしめ、強い呵責《かしやく》の念に耐える。

湖白が最初から素直に花琳をジュチのもとに送り出していれば、李鶍は狼族の集落に来る必要がなかっただろうし、ジュチを庇って大ハーンが死ぬこともなかった。

ジュチは自分のことを怒っているだろうか。

しかし今、この場にジュチはいない。ジュチだけでなく、オゴタイもチャガタイも、大ハーンの子どもたちの姿がなかった。

狼族では親が亡くなったら、その子どもたちは三年間は墓に行ってはいけないしきたりになっているらしい。なので、今日の葬儀に立ち会っているのは、ジュチの重臣たちをはじめとした、大ハーンと血縁関係のない狼族の仲間たちだけだ。

祭司に促され、前に並ぶ者から順に、大ハーンが眠る土盛りの周りに置かれた金属製の灯《とう》明台《みようだい》の上にろうそくを立てていく。

列の一番後ろに並んでいた湖白と花琳が最後にろうそくを立てると、祭司が松明《たいまつ》から火を取って、ろうそくに火をつけた。

そして、墓の周りを三回回ると、地面にミルクを垂らした。同じように菓子や飴《あめ》を土盛りの上に置く。最後に奶茶を垂らしたあと、祭司は手に持った菓子と飴を、よく晴れた青い空に投げた。

花琳が「あのひとはなにをしているの？」と訊くと、湖白たちの隣に立っていた年配の狼族の女性が「鳥たちに食べてもらうんですよ」と教えてくれた。

狼族の人たちは、相変わらず湖白たちに優しい。

チャガタイから面と向かって責められた湖白をさすがに気の毒に思っているのかもしれない。

今後、自分は狼族の群れの中でどう振る舞えばいいのだろう。

ジュチは、李鵜の凶行を気に病まず、これまで通り自分のオルドにいればいいと言ってくれたけれど、その言葉に素直に甘えてしまっていいものだろうか。

湖白たちに責任はないと言ってくれたのは、ハーンとしての建前で、本当はジュチもチャガタイと同じように湖白を恨んでいる可能性だってある。……オルドに帰るのが少し怖い。けれど、湖白にはジュチのオルド以外帰る場所がなかった。

重い気持ちを抱えたまま葬儀をすべて見届け、湖白が花琳やバトゥと一緒にオルドに帰ってきた頃には、日がすっかり暮れていた。

一日中立ちっぱなしで疲れたのか、花琳はもう眠たそうにしている。バトゥに花琳の世話を任せて、湖白は一人でジュチのいるオルドへ戻った。

入り口の布を開けると、中から馬頭琴の調べが流れてきた。ジュチが弾いているのだ。

寝台の上で幕舎を支える柱に背をもたれ、ジュチはひどく物憂げな表情で指を動かしている。もしかしたら葬儀が行われている間、ずっと一人で馬乳酒を飲んでいたのかもしれない。

寝台の側机《そばづくえ》の上には、空になった酒瓶がいくつも乱雑に置かれている。

「ジュチ様……」

声をかけるのも躊躇《ためら》うような、疲倦《ひけん》した雰囲気の中、湖白はおそるおそるジュチの名を呼んだ。しばらくそっとしておくべきか悩んだが、二人きりのオルドの中でなにも声をかけずにいるのも気詰まりだ。

「湖白か」

「はい。今戻りました」

「ご苦労だったな」

ジュチは弓を動かす手を止めずに答える。湖白と視線を合わせようとしない。

李鵜が凶行に及んだのは湖白のせいではないと頭では理解しつつも、今は湖白の顔を見るのが辛いのかもしれない。

馬頭琴からは、物悲しく乾いた音色がゆったりと奏でられている。

「父上が好きだった曲だ。もう聴かせることもできないがな」

ジュチが誰に聞かせるでもなく、ぼそりと呟く。

まるでジュチの今の心境を表しているかのような切ない旋律を聞いているうちに、湖白の目に自然と涙が溢れてきた。

「どうしてお前が泣く」

「ジュチ様が泣かないからです！　どうして狼族の皆さんは泣かないんですか！」

湖白は思わず声を荒らげた。

それは葬儀の最中から、湖白がずっと不思議に思っていたことだった。

ジュチだけでなく、墓地に集まった狼族も誰一人、涙を浮かべていなかった。人目を憚《はばか》らず泣いていたのは花琳ぐらい。湖白もずっと涙を堪えていたというのに、皆、悲しくはなかったのだろうか。大ハーンが死んだというのに。

「泣いてはいけないのだ。泣くと、この世とあの世の間に涙の海ができて、死者の魂がこの世に戻ってこられなくなってしまう」

淡々とした口調でジュチが答える。

狼族のしきたりは不自由なことばかりだ。子どもが親の葬儀に立ち会えなかったり、泣きたいときに泣くことが許されていなかったり。

ジュチとしてはそれが当たり前のことなのかもしれないが、湖白はもどかしかった。

感情を素直に表に出せないジュチの不器用さが、切ない。

代わりに自分が泣いたからといって、ジュチの悲しみが消えるわけではないけれど、一緒に大ハーンの死を悼むことぐらいはできる。

低音の余韻を残して、ジュチが弓を動かす手を止める。大ハーンが好きだった曲の演奏が終わったようだ。

馬頭琴をその場に置くと、ジュチは涙ぐむ湖白の顔を直視しないように顔を伏せ、静かに呟いた。

「……父上は俺を愛してくれていたのだろうか」

それはジュチが初めて聞かせてくれた弱音のように感じた。

「当たり前です。愛していなければ、ジュチ様を庇うことなんて」

湖白は洟を啜り、懸命に答えた。

「だが、俺は狼の姿になることができなかった。父上はそれをお望みだったというのに、俺は最後まで……」

ジュチは一旦そこで言葉を切ると、肩を震わせ叫んだ。

「一度でいいから、父上に俺の狼姿をご覧いただきたかった……っ」

くしゃりと前髪を掻き、ジュチは右手で額を覆う。込みあげてくる激情を必死に抑えているのが、遠くにいる湖白の位置からでもわかった。

「俺は出来損ないだ。ハーンの地位だって、本当は弟たちが継げばよかったのだ。それなのに、いつまでも狼になりきれぬ半端者の俺が群れを率いるなんて、そのような大役、最初から務まるわけがなかったのに」

苦しげに自分を責めるジュチの声を聞いていられず、湖白は寝台に駆け寄った。

床に膝をつき、両手でジュチの手を包む。

「ジュチ様、どうかご自分を責めないでください。大ハーン様はきっと、ジュチ様が狼でも狼でなくても、愛してくださっていました」

馬乳酒を飲んでいたはずなのに、触れたジュチの手はとても冷たかった。

どれだけ長い間、オルドの中で一人馬頭琴を弾き続けていたのだろう。

ジュチが愛情を知らないなんて嘘だ。

こんなに愛情深く、繊細な心を持った人は、ほかに見たことがない。

父親に愛されていないかもしれないと怯《おび》えながらも、父親を愛し続けている。

ジュチの痛む心が手に取るように湖白にはわかる。

「なぜそのようなことがお前にわかる」

それは湖白も、ずっと父の愛情を求めていたからだ。ジュチと同じだからだ。

母に会いにくるたび、父は気味の悪い湖白の姿を疎んで、湖白を別室に閉じ込めた。

固く閉ざされた扉を叩いて、父上に会いたいと泣き喚《わめ》いた日のことを今でも昨日のことのように覚えている。

湖白の父は、最後まで湖白をどう思っていたのかはわからない。

けれど、大ハーンの気持ちは、自分が代わりにジュチに伝えることができる。

「大ハーン様が生前、僕にジュチ様のことを頼むとおっしゃってくださったんです。ジュチ様がよき伴侶に恵まれるようにと願う気持ちは、親の愛情以外の何物でもないと思いませんか」

ジュチが弾かれたように顔をあげる。

湖白を見つめる深い悲しみを湛《たた》えた青い瞳は、わずかに潤まっているように見えた。

「大ハーン様は、ジュチ様にジュチというお名前をつけてしまったことを悔やんでいらっしゃるようでした。ジュチ様に狼の耳が生えないのは自分のせいだとおっしゃって、ジュチ様が笑顔を見せてくださらないことを悲しそうにされていました」

「父上が……?」

言外に本当かと尋ねてくるジュチの視線に、湖白は深く頷いた。

「はい。だから笑ってください、ジュチ様。僕、ジュチ様の笑顔が好きです。先日、僕に見せてくださった笑顔を、狼族の皆さまにもお見せすればきっと、天国の大ハーン様も安心してくださいます」

両手でジュチの手をしっかりと握る。

自分の体温で少しでもジュチの手が温まってくれればいいと思う。

みんな、ジュチは人嫌いだとか偏屈だとか言うけれど、誤解している。

ジュチは自分の感情を表に出すことに慣れていないだけで、本当はとても心豊かな人だ。

今は湖白だけに見せてくれている、この弱音や本心を少しずつでもいい。皆に伝えることができれば、ジュチの世界はもっといろんな人からの愛情で華やぐ。

「大ハーン様が亡くなられたあと、ジュチ様が不安ならば、僕が支えます。僕になにかできることはありませんか？　なんでもおっしゃってください。僕、ジュチ様のお役に立ちたいんです」

湖白が精いっぱい気持ちを込めて伝えた言葉は、ジュチの心を揺らしたようだった。

「湖白……」

ジュチの整った顔がゆっくりと近づいてきて、湖白の唇を塞《ふさ》ぐ。

縋るように求められた、湖白にとって初めての口づけは、切ない罪の味がした。

間接的にせよ、大ハーンが死ぬ原因をつくってしまった自分の罪は、きっと永久に拭えるものではない。

けれど、ジュチから求められる口づけを、止めようとは思わなかった。

今はただ、ひたすらジュチが恋しい。ジュチが愛しいという思いが、湖白の理性を狂わせる。

「ん……ジュチ様……」

湖白の唇を奪うだけでは飽き足らず、ジュチは湖白の口の中に舌を滑らせてくる。

まるで獰猛《どうもう》な獣に捕食されているかのような、性急な口づけだ。両腕できつく抱きしめられ、息をすることすらままならない。

このまま舌を食べられてしまうのではないかと危惧《きぐ》するほど深く貪《むさぼ》られ、湖白はぞくぞくと背筋を震わせた。

「はっ……ン、んぅ……」

口づけの合間にもれる、鼻にかかった自分の吐息が恥ずかしい。まるでもっと口づけが欲しいと、ジュチに甘えているみたいだ。

ジュチからの口づけが嬉しいだなんて、こんなときにもかかわらず恋心は不謹慎だ。

ジュチは大ハーンを亡くしたばかりで、寂しかったのだろう。

目の前にいる、自分よりも小さな湖白の体に縋らざるを得ないほど、精神的に追い詰められているのかもしれない。

長い口づけを終えると、ジュチは湖白の頬に手を添え、真剣な眼差しで訊いてきた。

「以前、俺に愛を教えてくれると言ったな。その気持ちに変わりはないか？」

とくん、と胸が跳ねる。

以前ジュチに夜伽を申し出たときは、ジュチへの恋心を自覚する前だった。

だから、大ハーンに頼まれた内容をそのまま口に出すことになんの恥じらいはなかったけれど、改めてジュチの口から確認されると、自分の傲慢《ごうまん》さが恥ずかしくてたまらなくなる。

あのとき、ジュチは湖白がジュチに恋をしていないことを見抜いていたのだろう。

だから、湖白を抱くことを断った。

でも、今は？

ジュチの目に、自分の姿はどう映っているのだろう。

ジュチへの恋心に溺《おぼ》れた自分の姿が、どうか醜いものに映っていないようにと願いながら、湖白は顔を真っ赤に染めて、ジュチの質問に頷いた。

「狼族は伴侶にしたい相手に恋をすると、狼の姿になれるという。それならば、俺はお前を抱いて試してみたい。俺は今、お前を愛しいと思っている。この気持ちが嘘でないならば、俺は狼になれるはずだ」

思わず胸が詰まる。

聞き違えでなければ、今ジュチが自分のことを、愛しい、と言ってくれた。

（ジュチ様、本当に？）

嬉しくて、今にも天国に舞いあがりそうな気持ちになる。

と、同時に、とても切ない気持ちにもなった。

ジュチはもしかしたら、無理矢理自分を好きだと思い込もうとしているのかもしれないと感じたからだ。

大ハーンの死に動揺して、以前より強く狼の姿になりたいと願ったせいで、ジュチは湖白を好きだと勘違いしているのかもしれない。

もしそうだとしたら、ジュチに抱かれたところで惨めなだけだ。

やめるなら今だと、なけなしの理性が囁いている。

「もしお前を抱いても、変身できなかったらと思うと、怖い。だけど、俺はもっと深くお前を愛してみたいのだ」

けれど、好きな相手にこんなことを言われて、断れるはずがないじゃないか。

今までも何度も機会はあったのに、ジュチは湖白が怖がったり、本心から行為を望んでいるわけではないと気づくと、必ず途中でやめてくれた。

けれど、今のジュチはその余裕すら失《な》くしている。

湖白が欲しいのだと、潤んだ青い瞳が訴えている。

寝台の上に仰向けの体勢で押し倒され、湖白はどきりと胸を高鳴らせた。太腿に当たるジユチの体の中心が熱を孕《はら》み、硬くなっていることに気がついたからだ。

「本当にいいのか？　逃げなければ、抱くぞ」

抵抗しようとしない湖白に、ジュチが念を押してくる。

どうかうまく笑えていますようにと願いながら、湖白は懸命に微笑んだ。ジュチの背中に手を回す。

「構いません。抱いてください」

ジュチにならなにをされても構わない。

それで彼の悲しみが紛れるのなら、実験台としてでもいい。ジュチに抱かれたい。

——ジュチが好きだから。

自分を抱いて、ジュチに狼になってもらいたい。

「湖白……湖白……」

再び荒々しい口づけを受ける。

性急な動作で服を脱がされながら、湖白はジュチの広い背中に両腕を回した。

先ほど馬頭琴を奏でていたジュチの器用な指が、湖白の裸の胸にそっと這わされる。

「白く美しい肌だ。ずっと、この手で触れてみたいと思っていた」

うっとりとした声で呟くジュチに、湖白は申し訳ない気持ちになる。

自分はジュチの花嫁なのだから、遠慮なんかしなくてよかったのに。

褥《しとね》の上で素肌を晒《さら》すのは怖かったけれど、ジュチが自分に触れたいと思っていてくれたことが嬉しい。

女性のように柔らかくも丸みも帯びていない、男としてもまだ未成熟な体だ。

自分の裸を見た瞬間、ジュチが興醒《きょうざ》めしたらどうしようと心配していたが、少なくとも自分の体は、ジュチの情欲を煽《あお》ることができているようだ。

――よかった、と安堵すると、自然と湖白の口元に笑みが浮かんだ。

「どうぞ、もっと触ってください。僕、ジュチ様に触っていただけるの、嬉しいです」

ジュチの手を取り、素直な気持ちを伝えると、ジュチはなぜか苦虫を噛み潰したような顔になった。

「そう煽るな。これでも懸命に堪えているのだから」

額に口づけを落とされ、ジュチの唇がそのまま頬、首元、胸へと伝っていく。

まるで大切なものを順に愛《め》でるように、優しい口づけは余すところなく湖白の肌を巡り、そして、ジュチの唇は最後に淡く色づいた左胸の飾りに到達した。

密やかに眠っている粒芯《りゅうしん》を誘い出すように、じゅっと音を立てて、そこをきつく吸われる。

「あっ……」

初めて感じるくすぐったい刺激に、湖白はびくりと体を震わせた。

普段は存在すら意識していない器官だ。

ジュチがなぜそのような場所に舌を這わせてくるのかわからず、湖白は戸惑った。

「やっ……、ジュチ様なんで……」

「ここは感じるか？」

「感じる……？」

「お前が気持ちよくなれる場所を探しているのだ。教えてくれ。どこがよい？」

ジュチが乳首を舌先で転がしながら、真顔で訊いてくる。

どうやらジュチは自分に性感を与えようとしてくれているらしい。

けれど、それでは立場が逆だ。

夜伽を務めるのだから、自分がジュチに奉仕しなくてはいけないのに。

「そ、そのようなお気遣いは不要です。僕はジュチ様が気持ちよくなってくだされば、それで」

「なにを言う。これはお前を正式に俺の伴侶にするためにしているのだ。だから、お前も感じなくては意味がない」

ジュチの気持ちはありがたいが、狼族のハーンであるジュチに自分の胸を舐めさせるなんて、恐れ多いことできるはずがない。

それに、ジュチの少しざらついた舌先が乳首を嬲《なぶ》るたびに、中心の粒芯が次第に固く凝《しこ》って、下半身にむずむずとした熱が込みあげてくるのが怖かった。

「や、だめ……です、ジュチ様……そこは……」

初めて感じる奇妙な感覚に怯えて、湖白は震える手で懸命に、自分の体に覆い被さるジュチの顔を胸から引き剥がした。

ジュチが渋々といった様子で顔をあげる。

「ならば、こっちに触っても構わないか？」

「う……」

「少し勃っているな。胸を舐められて感じたか？」

確認するように問われ、湖白はかぁっと頬を熱く火照らせた。

ジュチの視線が、下穿きの布越しに兆し始めた湖白の屹立《きつりつ》を捉《とら》えていたからだ。

そこに直接触っていないのに勃ってしまうなんて、自分の体はいったいどうなってしまったのだろう。

恥ずかしい。自分の体が急に淫《みだ》らになったように感じて、湖白は恐縮した。

「ご、ごめんなさい、僕……なんだか、変になっちゃって」

「謝ることはない。あとで辛い思いをさせるのだ。今は存分に感じていろ」

「あ……ジュチ様……」

下穿きを下ろされ、露《あら》わにされた白い茂みの中に、ジュチが顔を埋めてくる。

そして筋張った大きな手で先端を包み、優しく包皮を剝《む》くようにぐずぐずと上下に揺すると、頭を覗かせた湖白の先端部をジュチは迷わず唇に含んだ。

「ひっ……ぅ！　う、うそ……そんな……」

湖白は思わず腰を浮かせた。

こんな強い刺激、今まで味わったことがない。

自分の性器を他人の口で直接愛撫《あいぶ》されるなんて。

「だめっ、離してください……ジュチ様っ！　やっ……ンぁ……あ」

ジュチにこんなことをさせてはだめだ。

止めなくてはと思うのに、勝手に跳ねあがる腰は歓喜に震えている。

ジュチは唇を窄《すぼ》めて一気に湖白を喉奥まで迎え入れたかと思うと、今度は先端だけを咥えて蜜孔《みつあな》を舌先でほじってくる。

「やっ、ぁ……あ……」

まるで脳髄ごと砂糖に漬けて溶かすような強烈な快感は、湖白の頭から徐々に理性を奪っていく。

どうしよう。気持ちいい。

ジュチの舌の動きに合わせて、だらしない声がもれてしまう。

先端部からは、とろとろとひっきりなしに蜜が溢れていくし、オルドの中は自分の体が立てるいやらしい音とにおいでいっぱいだ。

「お前の体はどこも甘いな、湖白」

ジュチが湖白の分身に舌を這わせたまま、艶然《えんぜん》と微笑む。

ジュチの唇から透明の糸が伝っているのが、自分の体が滲ませた液体のせいだと気づくと、湖白は耐えがたい羞恥《しゅうち》に苛《さいな》まれた。

「もっと感じて、ここから甘露《かんろ》を溢れさせてくれ。この蜜が、俺とお前をつなぐ手助けをしてくれる」

「で、でも……」

「お前の感じている顔が見たいのだ。恐れることはない。俺の口の中で気を遣れ」

再びジュチの咥内深くまで飲み込まれる。じゅると音を立てて、窄めた唇で激しく上下に扱《しご》かれた。まるで濡れた肉筒で搾《しぼ》り取られているかのような感覚。

「ふ……う、あ、あっ、だめ……だめ……ぇ」

がくがくと全身が痙攣《けいれん》する。

それは性に縁遠い湖白には強すぎる刺激だった。

ジュチの後頭部を押さえたまま、湖白は一気に高みへと押しあげられてしまう。

「やっ……ジュチ様、はなして……あっ、ンぁ、ああ——っ」

堪えきれず、ジュチの口の中に勢いよく精を放つ。

恥ずかしくて、申し訳なさすぎて死んでしまいそうだ。

「すみません……すみません、僕……」

「よい。お前が健康である印だ。飲めないのが残念だがな」

ジュチは湖白が放った白濁を手の平に吐き出すと、それを指先に絡めて、湖白の体を二つに折り、脚を大きく左右に開かせた。

仰向けになったまま、会陰部《えいんぶ》をジュチの眼前に突き出すような体勢だ。

「ジュチ様……」

達した余韻でうまく動かない頭でも、自分がひどく恥ずかしい格好をさせられていることはわかる。そしてジュチがなにをしようとしているのかも。

ジュチの指が双丘の狭間に押し当てられる。

「あっ……」

「力を抜いていろ。ここをしっかり解《ほぐ》さなければお前が怪我をする」

「は……い」

ジュチの命令に素直に頷いたものの、体内に異物を受け入れるのはやはり怖い。

それがジュチの指であるとわかっていてもだ。

ジュチは湖白の放った滑りを蕾の周囲に丹念に塗り込めると、慎重な手つきで、つぷりと一本、指を中に埋めてきた。

「っ……う……」

力を抜いていろと言われたのに、どうしても体が強張ってしまう。

以前ジュチにそこを乱暴に暴かれたときの恐怖を覚えているからだろうか。

だが、今日は湖白の様子を見ながら慎重に解されているせいか、あのときのようにひりつく痛みは感じない。

けれど、圧迫感がすごかった。まだ一本しか入っていないのに、湖白の中は収縮してジュチの指を外へと追い出そうとしてしまう。

「やはり、きついな……。湖白、ちゃんと息を吐け。俺をしっかり見ろ」

ジュチに軽く頬を叩かれ、湖白はそこで自分が深く眉根を寄せ、苦しげに目を閉じていることに気がついた。

「ジュチ様……」

「本当によいのだな？　やめるならば今だぞ」

きっとこれが最後通牒《つうちょう》だろう。

ジュチが自分の体を気遣ってくれているのがわかる。

指一本入れるだけでやっと湖白の狭いそこに、ジュチのものを突き入れたら、湖白の体が壊れてしまわないか心配でならないのだろう。

けれど、ジュチに抱かれる覚悟ならとっくにしている。

どんな痛みがあっても構わない。

早く、身も心もジュチのものになりたい。

「やめないでください。僕、ジュチ様が欲しいです」

湖白は自分の頬に添えられたジュチの手を取り、その甲に口づけた。

「……っ」

湖白の思わぬ行動にジュチは息を呑んだようだった。

慌てた様子で身に着けていた青い民族衣装を脱いで、ジュチは湖白に覆い被さってくる。

天井から吊り下げられた橙色のランプの明かりの下でも、よく鍛えられた分厚い胸や太い腕を持つジュチの体は美しく、思わず見惚れてしまう。

だが、浅黒い肌のあちこちに、矢傷や切り傷が無数に残ってるのが痛々しい。

狼族のハーンとして、今まで何度も激しい戦いをくぐり抜けてきたせいだろう。

先日毒矢を受けたばかりの左肩も、ほぼ治っているとはいえ、まだわずかに紫に変色している。

(この傷は、ジュチ様がみんなを守ってできた傷だ……。勇敢に戦われたジュチ様の勲章《くんしょう》だ。でも、これからはどうか傷を増やさないでほしい)

ジュチが自分を抱いて、狼になることができれば、これから無茶な戦いに出ることもなくなるだろう。

けれど、それは危険な賭《か》けであることも湖白は気づいていた。

もし、自分を抱いても、ジュチが狼にならなかった場合、ジュチは深く傷つくだろう。自分に恋をしていなかっただけならともかく、ジュチが大ハーンの本当の子どもではないと証明することになってしまったらと思うと、湖白は怖かった。

(でも、それでも僕は……ジュチ様が欲しい。ジュチ様が僕を欲しいと思ってくださるなら、なおさら……)

裸になったジュチの背に、湖白は無言で腕を回す。

ジュチのことが好きだとは言えなかった。

どれだけ伝えたくても、それは、大ハーンが亡くなる原因を作ってしまった自分が口にしてはいけない言葉だ。

「なるべく痛くはしない。だから、どうか耐えてくれ」

大きく広げた脚の狭間に、ジュチのものが宛がわれる。

逞しく育ったジュチの熱が、みちみちと狭い肛道を押し広げて、湖白の中に押し入ってくる。

痛くしないとジュチは言ったけれど、やはり体内を強引に開かれる苦しさは、想像以上のものだった。

だが、どくどくと脈打つ逞しい息吹《いぶき》も、身を焦がす熱も、ジュチのものだと思うと愛しくてたまらない。

「あっ……、っぁ……ジュチ、さまっ……」

「ゆっくり息を吐いて、俺を受け入れろ」

「は……い」

少しずつ、少しずつ、湖白の中が馴染むのを待って、ジュチが慎重に腰を突き入れてくる。もどかしいほど、じれったい進み方だ。

懸命に息を吐いて体の強張りを解こうと努力するけれど、ジュチにわずかに揺さぶられるたびに、体の奥に鈍痛が走って意識が朦朧とする。

こんな調子ではいつまで経ってもジュチを満足させられない。

ジュチの額にも汗が浮かんでいる。湖白のきつい締めつけに遭い、ジュチもきっと辛いのだろう。

「ごめ…なさ……、うまく、できなくて……僕」

思う通りにならない自分の体が情けなくて、湖白はほろほろと涙を零した。

「泣くな、湖白……。よかれと思って少しずつ挿《い》れたのが、逆に辛かったか？」

「ん……」

ジュチが優しく口づけてくる。正面から向かい合う形で強く抱きしめられると、少しだけ痛みがやわらいだ気がした。

「すまない。今抜く」

しかし、ジュチの次の台詞には、冷や汗が浮いた。

「やっ……だめ……、抜かないで……」

湖白は慌ててジュチに縋った。

「でも、このままではお前の体が辛いだろう」

「だ、いじょぶ……です。お願いですから、ジュチ様……もっと深く」

せっかく抱いてもらえたのに、こんな中途半端なところで終わりにされるなんて絶対に嫌だ。

ジュチをもっと深くまで感じたい。

せっかく自分の体を気遣ってくれたのに、こんなわがままを言って、ジュチを呆れさせてしまったかもしれない。

しかし、ジュチは「そういえば、お前は見かけによらず頑固だったな」と困ったように呟いて、湖白の腰を抱え直してくれた。

「ならば、一気に奥まで挿れるぞ。痛むかもしれない。しっかり俺の背に摑まっていろ」

「は、い……、ぅあっ……あっ！」

頷くより早く、ジュチが力強く最奥まで入ってきて、湖白の意識は一瞬飛びかけた。

反射的にジュチの背に爪を立ててしまう。ジュチが低く呻く。けれど、今の湖白にそれに気づく余裕はなかった。

「は……ぁ……、あ……?」

視界が白く霞む。体の奥がじんじんと痺れている。

ジュチと抱き合った肌は汗で濡れて、泣き腫らした顔は涙でぐちゃぐちゃだ。

「よくがんばったな。見てみろ。全部入ったぞ」

「あ……」

ジュチが湖白の手を取り、自分たちの接合部を触らせてくる。

その言葉の通り、ジュチの下生えがぴたりと湖白の尻に当たっていた。

限界までジュチを飲み込んだ下腹は、重く息苦しい。

でも、体の中がジュチでいっぱいに満たされている。

とても幸せだと思った。

「嬉しいです。ジュチ様が、僕の体の中に……」

思ったことを素直に口に出し、湖白が洟を啜っていると、ジュチが少し怒ったような声音で、再び湖白の唇を塞いできた。

「そういちいち愛らしい反応するな。これでは俺は少しも保《も》ちそうにない」

「ン……っ、っふ……うっ……」

自分の発言のなにがジュチを怒らせてしまったのかわからなかったが、もしかしたらこれはジュチの照れ隠しかもしれない。

声こそ尖って聞こえるが、湖白を抱きしめて、口づけてくるジュチの表情は優しい。

まるでジュチから本当に愛されているかのように感じる。

「動くぞ。痛かったら、すぐに言え」

「あっ……」

湖白をきつく抱きしめたまま、ジュチが腰を動かし始める。

時折目を閉じて、湖白の中の感触を深く味わっているようだった。

長い黒髪が乱れて、はらりと湖白の顔の横に落ちる。そこにはいつものジュチとは違う、壮絶な雄の色香を湛えた一匹の獣がいた。

「あ、う……っ、あ、あ、あ」

ジュチによって道をつけられた内壁が、ジュチの形いっぱいに開かれている。

最初はジュチの抽挿《ちゆうそう》の動きについていくだけで必死だったのに、ジュチの砲身がある一点を掠めたとき、ひりつくような痛みの中に、じぃんと痺れるような快楽が生まれ始めた。

「ひぅ……や、あっ、なに……ひっ」

以前、ジュチが言っていた男の中にある性感帯だろうか。

けれど、指先で弄られたときは、まだこれよりも数段軽い快感だった。

初めての感覚に戸惑い、湖白は混乱した。

「やっ……たすけてっ、ジュチ様……、ジュチさま……っ」

「怖がることはない。素直に身を任せていれば、ちゃんと気持ちよくなるはずだ」

ジュチが宥めるように湖白の頭を撫でながら、さらにそこばかりを狙って穿ってくる。

中をぐちゃぐちゃになるまで突かれると、とても自分のものとは思えないような甘い声がひっきりなしに零れた。

「あ、ああ……っ、や、あ……あ、ぅ……」

ジュチに抱かれるのは初めてなのに、痛みよりも快感のほうが強いなんて信じられない。

目の前がちかちかするような鮮烈な刺激に、湖白の前は再び頭を擡《もた》げ始めていた。

それをジュチが目敏く長い指で包み、やわやわと扱き始める。

「だめっ……、それ、や、あ、ああ！」

直接的な快感に反応した前から、とろりと雫《しずく》が零れてジュチの手を汚す。

前を責められると連動して後ろが締まるのか、ジュチが苦しげに眉根を寄せた。

「それ以上、締めるな……っ、お前の中を汚してしまう」

「いい、汚して……い、からっ、抜いちゃ、や……あ、あ、あぅ」

ジュチが腰を引く気配を感じた湖白は、はしたない声をあげて、ジュチにねだった。

ジュチはまだ一度も達していないのに、自分ばかり感じていては申し訳ない。

そう思うのに、先端の割れ目を指先でくちくちと弄られると、思考が蕩《とろ》けて、耐えがたいほどの快楽の波が襲ってきた。

「やっ、出ちゃ……あ、あ、も……っ」

もうなにがなんだかわからない。

腹の奥から破裂しそうななにかが込みあげてきて、湖白の体を激しく痙攣させる。

「ひっ、あ、ぅ……あ、ああっ」

「湖白……っ」

堰《せき》を切ったようにジュチが激しく抽挿を始める。ジュチの体の下で、湖白は人形のように揺さぶられ、喘《あえ》ぐことしかできなかった。

絡みつくように強く収縮した隘路《あいろ》の奥深くで、ジュチの熱が一際大きく膨らむ。

「は、あ、あぅ……ああっ……くっ！」

迫りくる快楽に抗《あらが》えず湖白がジュチの手の中で絶頂に上り詰めると、体の奥でジュチの熱が爆《は》ぜたのがわかった。長く、深く、体の奥に精を受ける。

「湖白。愛してる」

薄れゆく意識の中で、湖白はジュチの言葉を聞いたような気がした。

＊

それから何刻ほど、眠っていただろう。

次に湖白が目覚めると、オルドの外にはすでに夜明けが迫っていた。

寝台の上には、下衣のみを穿いたジュチが湖白に背を向けて座っている。刀の手入れをしているようだ。

「ジュチ様……」

寝台に横たわったまま、湖白が掠れた声で名前を呼ぶと、ジュチは振り返った。

「すまない。初めてだったのに、無理をさせすぎたな」

「いえ……」

湖白は小さく首を横に振った。

服こそ着せられていないものの、体は清められたのか、すっきりとしている。

寝台のそばには、水を張った盥と真新しい手拭いが見えた。真夜中にバトゥに用意させたとは思えないから、ジュチ自ら湖白の身体を拭いてくれたのだろう。

刀の曇りを小さな羊毛布で磨いているジュチは、湖白を抱く前と打って変わって、憑き物が落ちたかのように、穏やかな表情をしている。

けれど、その頭に相変わらず狼の耳は生えていなかった。

「ジュチ様……、狼の耳は……?」

躊躇いがちに湖白は確認した。

「どうやら賭けは失敗に終わったようだな。やはり俺は父上の子ではなかったらしい」

「そのようなこと……」

「よいのだ。それがはっきりわかっただけでも、お前を抱いた価値はあった」

まるで自分に言い聞かせるように、ジュチはゆっくりと呟く。

なにもかも諦めたような、乾いた声音に湖白はぐっと胸が詰まる思いがした。

「ハーンの座は近日中に、三人いる弟のうちの誰かに譲ろうと思っている。だが、俺はその前に果たすべきことがある」

湖白を抱いても狼の姿になれなかったことに、ジュチは湖白以上に落胆しているに違いない。けれど、それを表情に出さないように努めている。湖白に責任を感じさせまいと思っているのかもしれなかった。

「湖白。俺たちは金国に攻め入ることに決めた」

ジュチは磨いた刀身をランプの明かりの下に照らしながら、静かな声で告げた。

それは、大ハーンの葬儀の最中、ジュチが弟たちと話し合ってすでに決めていたことだったのかもしれない。李鵜を脅して刺客に仕立て上げ、大ハーンを殺した金国を狼族は許しておけないのだろう。

「祖国との板挟みになって、お前と花琳には辛い思いをさせるかもしれない。けれど、お前たちはもう狼族の人間だ。覚悟はできているな？」

「はい……」

湖白は目を伏せ、頷いた。

狼族が金国に攻め入れば、和睦の条件として嫁いできた自分の立場はなくなってしまう。

けれど、私利私欲しか考えていない兄に支配されるより、ジュチに治めてもらったほうが金国の民の暮らしは楽になるかもしれない。

「金国に攻め入るからには、お前の兄を弑《しい》することは避けられないが……ほかに望みがあれば聞くぞ」

ジュチはいつでも湖白の意向を聞いてくれる。

本来だったら、湖白は狼族を追い出されても文句は言えない立場なのに。

もしジュチの厚意に甘えて、願いを口に出すことが許されるのなら、一つだけ。

「戦ですから、多少の犠牲はやむを得ませんが……、できる限り無駄な殺生が起きることのないように、ご配慮いただけましたら幸いです」

「無論、そのつもりだ」

ジュチが力強く頷く。

迷いのないその視線に、狼族が他国に攻め入るとき、民を皆殺しにするという話はやはりデマだったのだろうと湖白は確信した。

だとしたら、李鵜の故郷の村を燃やしたのは、いったい誰だったのだろう。

その疑問だけが、湖白の心に一点の染みとして残った。

「行ってくる。留守を頼む」

「はい。ご武運を」

翌朝、ジュチはそう言い残して、大軍を率いて集落から発《た》っていった。

狼族の金国へ対する恨みはよほど強いのか、近年稀《まれ》に見る大がかりな出兵のようだ。

最低限の守備兵を残し、ほとんどの男が出払ってしまったため、集落はどこかがらんとした印象を受ける。

それでも、残された狼族の人々は毎日変わらず、羊に餌をやり、牛の乳を搾り、馬に乗って狩りに出かける。

湖白や花琳に対する態度も以前となにも変わっていない。

ジュチと同じように、狼族の人たちも皆、湖白たちはすでに狼族の一員だと思ってくれているのかもしれない。

花琳は、大ハーンと李鵜がいなくなった寂しさを乗り越えて、最近はバトゥや狼族の子どもたちと再び遊ぶようになったし、湖白の角の傷もようやく塞がった。

けれど、湖白の心の中は空虚なままだった。

バトゥの仕事を手伝って、オルドの中の掃除をしていても気が晴れないし、ジュチのために新しい民族衣装を縫っていても、心が浮き立たない。

（僕、本当にこのまま狼族の集落にいてもいいのかな……）

湖白を思い悩ませているのは、いつもそのことだった。

今もジュチに留守を頼むと言われた義務感で狼族の集落に滞在しているようなもので、本当は自分はここから出ていったほうがいいのではないかと湖白は迷っていた。

金国との和睦はすでに破られてしまった。

だから、自分がジュチの花嫁としてこのままオルドに居座っているのはおかしなことのように感じる。

それに、湖白を抱いてもジュチは狼の姿になることができなかった。

ジュチは湖白の前ではさほど気にしていない素振りを見せていたが、狼になるのは大ハーンとジュチ本人の長年の悲願だ。

その夢をかなえることができなかった自分が、湖白はとても無力な存在に思えた。

きっと、今後自分を見るたびに、ジュチは辛い気持ちを味わうだろう。

湖白を愛していると思い込めば思い込むほど、なぜ自分は狼になれないのか、自分はやはり大ハーンの実の子どもではなかったのだろうという思いが強まり、ジュチを苦しめるに違いない。

（僕がいることで、ジュチ様を辛いお気持ちにさせてしまうなら、僕はもう狼族の集落にはいないほうがいい……）

何度考えても、結論はいつもそこにたどり着く。

ジュチは変わらず湖白にオルドにいていいと言ってくれたが、いつまでもジュチの厚意に甘えているわけにはいかない。

狼族は一夫一妻制だ。湖白が出ていかない限り、ジュチは新しい伴侶を迎えようと思わないだろう。

（ジュチ様は僕が相手じゃだめだったけれど、もし新しい伴侶の人を愛することができたら……今度こそ狼になれるかもしれない）

ジュチの幸せを願うなら、自分は潔く身を引くべきなのだ。

自分と一緒にいても、ジュチは幸せになれない。

ジュチは優しいから、自分がオルドに居続けても、今まで通り自分を慈しんでくれるだろう。

けれど、ジュチが自分に対して、心から笑いかけてくれる日は来るだろうか。

仇敵《きゅうてき》の金国の出身で、大ハーンの死を招く元凶となってしまった自分を、ジュチは本当に愛してくれるだろうか。……自信がなかった。

今はまだいい。けれど、ジュチはいつかきっと自分が嫌になる。

ただ同情だけで、本心から愛せもしない男嫁をそばに置いていても、ジュチにとってなんの得もないと気づく。

（だから、せめてジュチ様に嫌われる前に姿を消そうなんて、僕も大概臆病者だ）

一週間かけてバトゥに頼まれていたジュチの繕いものを一着仕上げた湖白は、青い布地をぎゅっと胸に抱きしめ、嗚咽した。

狼族の集落に来てから、とても幸せだった。

いつも優しいジュチと、しっかり者のバトゥに囲まれて、花琳と二人、久しぶりにお腹いっぱいご飯を食べることができたし、初めて好きな人の腕の中で眠る心地よさも覚えた。

ジュチの役に立ちたいと、いつも馬鹿みたいにそればかり考えて、失敗したこともあったけれど、ジュチが笑ってくれると嬉しくて、ジュチと交わした会話の隅々まで昨日のことのように覚えている。

頭に鹿の角が生えているせいで、幼い頃から化け物呼ばわりされていたので、自分は一生他人を愛することも愛されることもないだろうと思っていた。

けれど、ジュチに出会って、湖白は初めて人に恋をする喜びを知った。

ジュチに抱かれたときは嬉しくて、このまま死んでもいいとさえ思えた。

だから、もう十分じゃないか。

ジュチを愛せた記憶だけを胸に、自分はこれから一人で生きていける。

涙を拭い、青い民族衣装を丁寧に畳んでいると、オルドの入り口から花琳が顔を出した。

「あにうえ、なにしてるの？」

花琳はすぐに湖白の様子がおかしいことに気がついたようだった。

いつも明るい笑みを浮かべている花琳の顔が、湖白の泣き腫らした目を見て、不安げに曇る。

「花琳、こっちにおいで」

湖白は涙声で花琳を手招いた。

花琳が急いで湖白の体めがけて突進してくる。広げた腕の中に花琳を抱き留めると、胸元にぎゅっと痛いほどしがみつかれた。

「花琳はジュチ様のことが好き？」

「うん」

湖白の質問に、花琳はすぐに頷いた。

ジュチのことを素直に好きと言える花琳が羨ましかった。

自分はもうだめだ。

ジュチを好きだなんて、言う資格もないし、想《おも》うこともきっと許されない。

「ジュチ様もきっと花琳のことが好きだよ。だから、花琳が大きくなったら、ジュチ様のお嫁さんにしてもらいなさい。ジュチ様なら花琳を絶対に幸せにしてくれるから」

可愛い妹のうなじに顔を埋め、湖白は花琳とジュチの幸せを願った。

花琳も金国の出身だが、天真爛漫で無邪気な花琳なら、ジュチもきっと癒《いや》されて、李鵜の罪も不問にしてくれるに違いない。

以前は、ジュチの隣に並ぶ将来の花琳の姿を想像して、胸を騒がせたこともあったけれど、いずれ見知らぬ誰かがジュチの伴侶になるくらいなら、ジュチの相手は花琳がいい。

「あにうえ、なんでないてるの？」

花琳に問われ、湖白はそこで自分が再び涙を流していることに気がついた。

今日はだいぶ涙腺が弱くなってしまっているらしい。花琳に心配をかけたくないのに、涙がぱたっと音を立て、次から次に膝の上に落ちてくる。

「なかないで。かりん、あにうえがかなしいの、やだよ」

花琳が小さな手のひらで湖白の頰に流れる涙を拭ってくれる。

「うん。ごめん。ごめんね、花琳……」

湖白は花琳の体を抱きしめ、噎び泣いた。

これから花琳を置いて、集落を出ていこうとしている自分を許してほしい。

きっと正直に話したら、花琳は泣いて自分を引き留めるに違いないから。

花琳の身代わりで狼族に嫁ぐと決めたとき、花琳にはずいぶん寂しい思いをさせてしまった。それとまた同じことを繰り返そうとしているのかと、湖白は自己嫌悪に陥る。

でも、花琳はもう一人ではない。

自分がいなくなっても、ジュチやバトゥをはじめとした狼族の仲間たちが、きっと花琳を見守ってくれる。自分の代わりに、愛してくれるに違いない。

「花琳、幸せになってね」

湖白はその夜、闇に紛れて単身狼族の集落を抜け出した。

＊

狼族の集落を離れて、もうどれぐらい歩いただろう。

昼間でも指がかじかむ寒さの中、湖白は西を目指してひたすら進んでいた。

長時間歩いているせいか、足は棒のようになってしまっているし、全身の筋肉が悲鳴をあげている。

けれど、もっと遠くまで行かなくては。

自分の不在に気がついたバトゥたちは今、馬を使って自分を捜しているだろう。

心配をかけて申し訳ないが、彼らに見つかるわけにはいかない。

このまま草原を西に進み続ければ、地図でしか名前を知らない、湖白のまだ見ぬ国々が広がっているはずだ。

李鵜から習った地理を思い出しながら、湖白は凍《い》てつく寒さの中、懸命に歩を進めた。

どこまで行けるかはわからない。目的の国にたどり着く前に、途中で息絶えてしまうかもしれない。

でも湖白は前に進むしかなかった。

羊の毛をふんだんに使った真冬用の分厚い外衣を着込んでいても、草原の冬の夜を外で過ごすのは自殺行為に等しい。

昨夜は幸い見つけた大きな岩場の陰に身を寄せて、風を凌《しの》ぐことができた。

その前の夜は、通りかかった隊商の集団に混ぜてもらって、駱駝《らくだ》の体に挟まれて寝た。

けれど、湖白は隊商たちと一緒に旅をすることはできなかった。彼らは余分な食糧を持っていなかったからだ。

湖白が狼族の集落から持ってきた羊の干し肉も底を尽き始めている。

ここから丸二日ほど西に進んだ場所に、新しくこの辺りに居を構えた部族の幕舎があるという情報を貰い、湖白は隊商たちと別れた。

草原に暮らす者同士の掟として、旅人は見知らぬ幕舎を見ると挨拶し、幕舎に住んでいる人間は旅人をもてなすのが礼儀とされている。だから湖白が突然訪ねていっても、一晩ぐらいなら彼らの幕舎に泊めてもらえるかもしれない。

一縷《いちる》の希望を胸に、湖白は疲れた体に鞭打ち、昼夜問わず一心不乱に歩き続けた。

先の尖った靴の中では足の皮が剝け、血を滲ませている。けれど、湖白は体を動かし続けるしかなかった。寝たら、体温が下がって死ぬかもしれないと思ったからだ。

食糧はついに底を尽き、凍てつく寒さが徐々に体力とまともな思考を奪っていく。雪が降っていないだけ、まだましだろうか。

草原はいつの間にか、赤茶けた砂漠が広がる荒野へと変わり、空が煉瓦色《れんがいろ》に染まっていた。夕焼けにしては早すぎる。遠くで火事でも起こって、その炎が空に反射しているのかと思ったが、違うようだ。

そのうちに風が強くなってきて、湖白は先ほど見た煉瓦色の空が砂嵐であることに気がついた。

強風に巻きあげられた赤い砂が、空を煉瓦色に染めている。まだ遠いようなので、安心していたら、どんどん風が強くなってきた。

煉瓦色の空がぐんぐんと湖白のほうに迫ってくる。

砂粒が顔に当たって痛い。視界がきかず、呼吸もろくにできない。

湖白はその場に丸くなり、砂嵐が去るのを必死に待った。

（いやだ、助けて……ジュチ様……）

もしこの場にジュチがいたなら、逞しい腕で自分を抱きしめて、次々と襲いくる砂粒から守ってくれただろう。

もう自分はジュチに助けを求める資格もないというのに、辛い旅路の途中、湖白が呼ぶのはいつもジュチの名前だった。

ジュチへの想いを忘れようと努力しても、倦《う》んだ恋心はなかなか消すことができない。

狼族の集落にいた頃、自分がどれだけジュチに甘やかされているのかを思い知る。

まるで真綿に包むように、ジュチは湖白を様々な困難から守ってくれた。

一人になってみて、湖白は己の無力さを嫌というほど痛感した。

荒れ狂う大自然の前では、自分のちっぽけな命など、けし粒のようにあっという間にかき消されてしまうだろう。

人は誰も一人で生きていくことなんかできない。

けれど、湖白にはもうどこにも帰る場所がなかった。

ジュチの厚意を裏切って、狼族の集落を出ると決めたのは自分だし、そのせいでどこで野垂れ死のうが、自業自得というものだ。

体を打ちつける激しい砂礫《すなつぶて》に必死に耐え、それから四半刻ほどで砂嵐は去っていった。

まるでにわか雨のような砂嵐だった。

強風が続く中、顔をあげると、湖白は近くに白い幕舎が建っているのに気がついた。

砂嵐のせいで気づくのが遅れた。

これが隊商たちが教えてくれた、この辺りに住む部族の幕舎なのだろう。

赤茶けた砂漠の中に、一戸だけぽつりと建っている。厨《くりや》には栗毛《くりげ》の馬が数頭つながれているが、羊や牛といった家畜の姿は見当たらない。

遊牧民の幕舎にしては侘《わび》しい佇《たたず》まいに違和感を覚えたが、湖白は勇気を出し、幕舎の入り口の布を開けた。

「あの、すみません。どなたかいらっしゃいますか？」

湖白が声をかけると、中にいた男たちが一斉に湖白を振り返った。

全部で五人ほどだろうか。女性や子どもはおらず、皆、頭に猫のような黒い耳をつけた体格のいい男たちである。

「白鹿族の者です。今晩、こちらに泊めていただけないかと」

「白鹿族？　白鹿族はとうに滅亡したはずではなかったのか？」

「いや、よく見ろ。狼族の民族衣装を着ているぞ。白鹿族の女のような外見をしているが、狼族の手の者なのではないか？」

幕舎の中央に円座になって、広げた地図の前でなにやら相談をしていたのか、男たちは険しい表情でひそひそと囁き合う。

「なるほど。お前が金国からジュチのところに嫁いできた白鹿族の男嫁か」

すると、上座に座っていた金色の瞳をした男が、嘲《あざけ》るような表情で湖白を一瞥してきた。

どうやら彼がこの幕舎の主であるらしい。肩口で無造作に束ねられた長い黒髪が、どことなくジュチの面影を彷彿《ほうふつ》とさせる。

「どうしてジュチ様のお名前を……」

「俺は黒豹族のグル・カン、ジャムカだ。ジュチから名を聞いたことはなかったか？」

黒豹族と聞いて、湖白はざっと血の気が引いていくのを感じた。

先日、狼族の集落に夜襲を仕掛けてきた部族だ。

敵の幕舎とも知らず、自分はのこのこと彼らの住まいを訪ねてしまったようだ。

「俺とあの男はかつて盟友の契りを交わしていた。しかし、十五年前、やつが突然俺を裏切ったのだ。ともに戦おうと誓っていた金国の江州攻めに、狼族はやってこなかった。怒りに燃えた俺は、江州を黒豹族のみで落としたあと、狼族の集落を襲った。だが、思わぬ反撃に遭い、我が部族はかつての十分の一に満たない数にまで減ってしまった」

ジャムカと名乗った黒豹族の族長が、苛立たしげに手に持っていた煙管《きせる》を床に打ちつけて、火を消す。

江州といえば、李鵜の故郷の村があった場所だ。ジャムカの言っていることが正しければ、かつて江州を襲ったのは狼族ではなく黒豹族だったらしい。

道理で——と湖白は納得した。

ジュチが江州の民を皆殺しにしたとは考えにくいが、ジャムカならば凶行に及んだとしてもおかしくない。盟友と信じていたジュチに裏切られた彼の憤りは、いかほどのものだったのだろう。

けれど、ジュチがなんの理由もなく、盟友の契りを破ったりするだろうか。

湖白が違和感を感じて、問いかけるような視線を向けると、ジャムカは低い声でくっと笑った。

「なぜジュチが俺を裏切ったのか、不思議に思っているような顔をしているな。それもこれも、金国のせいよ。後に、江州攻めに狼族が姿を現さなかったのは、出陣途中に金国の妨害に遭っていたせいと知った。ジュチからしてみれば、突然狼族の集落を襲った俺のほうが裏切り者と思っているかもしれんな」

ここでもまた金国が原因だ。草原の部族同士を争わせておけば、当分金国に侵攻してくることはないとでも考えたのだろうか。いかにも卑怯な兄や、保身に長けた宰相が思いつきそうなことだ。

「俺たちが互いに金国に操られていることを知ったときには、もう遅かった。流れた血は取り返すことができない。俺は黒豹族の長として、我が部族の民を殺した狼族を許してはおけない」

退廃した光を宿す金色の瞳で睨まれ、湖白はぞくりと背筋が震えるのを感じた。

狼族に敗北したあと、黒豹族の残党は散り散りになって、草原を流浪し続けたと聞く。

不運の始まりとなった原因は金国の策略にあると理解しつつも、長年の苦労がジャムカの気持ちを歪ませてしまったのだろう。

幕舎に集う男たちの目はどれも狼族への恨みに燃えていた。

「あ、あの、僕……」

「狼族のハーンの嫁が一人で、我々の幕舎までなにをしにきた。先日の夜襲でも、狼族には痛い目に遭わされたばかりだ。よもや生きて帰れるとは思っていないだろうな？」

湖白が逃げようと後ずさるも、すかさず幕舎の入り口付近に座っていた黒豹族の男に捕らえられ、後ろから羽交い絞めにされてしまう。

「や、やだっ！　放してください。まさかここが黒豹族の幕舎だなんて、知らなかったんです。それに、僕はもう狼族とは無関係なので……」

「なにが無関係だ。ジュチに離縁でもされたのか？」

ジャムカが口元に嘲るような笑みを浮かべ、聞いてくる。

「違います。僕が勝手に出てきただけで、ジュチ様はなにも……」

「ほう。ならばなおさら面白い。長らく独身を貫いていたあの男が、ようやく娶った嫁に執心しているという噂は本当だったのだな」

「ジャムカ様。こいつ犯《や》っちまってもいいですか？」

ジャムカの隣に座っていた男の口から信じられない言葉が飛び出す。

「よい。許す。なにを考えているのかは知らんが、自ら敵の部族に飛び込んでくるぐらいだ。この者とて覚悟はできているだろう」

ジャムカに許しを得た途端、幕舎の中にいた男たちが一斉に湖白の体に飛びかかってきた。

「なにをするんですかっ！　放して」

必死に抵抗するも、弱った体では男たちを突き飛ばすこともできず、湖白は幕舎の床に押し倒されてしまう。

その上に男たちが馬乗りになって、待ちきれないとばかりに湖白の着ていた厚手の民族衣装を脱がせていく。

「へへっ、砂で薄汚れているが、よく見たらこいつ綺麗な顔をしているぜ。十分、女の代わりにできそうだ」

「群れの中にしばらく男しかいなくて溜まってたんだよな。そこに極上の餌が自ら飛び込んでくるなんて、俺たちついてる」

多勢に無勢だ。力では到底かなわない。

まさか自分が男たちの性欲の対象にされると思わず、湖白は震えあがった。

「この草原ではやられたらやり返すのが鉄則だ。狼族のハーンの妻を奪えるなんて、気分のいいものだな」

男の中の一人が満足げな表情を浮かべる。

たしかに、草原で暮らす部族同士には、戦で負けた部族の女性は他部族に奪われ、無理矢理敵の妻にされる風習がある。

かつてジュチの母親もそうやって他部族に奪われ、父親のわからないまま、ジュチを産んだ。愛している夫以外の男に抱かれた彼女の屈辱はどれほどのものだったのだろう。

自分は男だから子どもを孕むことはないけれど、このままでは自分の身にも同じことが繰り返されてしまう。

「や、やだ……やめてください。お願いです……」

裸に剝かれた湖白の体に、男たちの手が無数に伸びてくる。乳首や股間《こかん》を舐められるおぞましさに総毛だった。

ジュチはかつて湖白に、誰にも奪われぬようオルドの中でおとなしくしていろと言った。

それは、湖白が他部族に凌辱《りょうじょく》されることを防ぐためだったに違いない。

長年、伴侶を迎えることを拒んでいたジュチが湖白をオルドに迎えたのも、女性より少しでも凌辱の危険性が低い男だったからだ。

それなのに、自分はジュチの言いつけを破り、狼族の集落を飛び出したばかりか、迂闊《うかつ》にも黒豹族に捕まったりなんかして……なんて馬鹿なんだろう。

「お高くとまってんじゃねぇよ！　どうせいつもここで狼族のハーンを咥え込んでるんだろ」

「やっ……」

頰を叩かれ、脚を左右に大きく開かれる。露わにされた後孔に男の太い指が遠慮なく突っ込まれ、湖白は痛みに呻いた。

「ん……ぅ、う……」

悔しさと屈辱で眦《まなじり》が濡れる。

そこを使ったのは一度きりだ。あの夜、ジュチに抱かれた、たった一度だけ。

思うように馴染まない湖白の後孔に苛立ったのか、男の指の動きがさらに激しくなる。

「ほら、こっちの口が空いてるじゃねぇか。せいぜい俺たちを楽しませてくれよ」

湖白が痛みに喘いでいると、今度は口に違う男の男根を咥え込まされた。

口での奉仕は、まだジュチにすらしたことがないのに。吐き気が込みあげてきて、何度もえずいてしまう。

他部族からの凌辱を許すわけにはいかないのに、男たちに囲まれ身動きが取れない体が悔しい。

「ジャムカ様、そろそろ準備ができたと思いますが、先にやりますか？」

「ああ、そうだな」

湖白の頭上に座り、両手を押さえていた男がジャムカに問いかける。

それまで黙って成り行きを見守っていたジャムカが立ちあがり、民族衣装の帯だけを解いて、下腹部を露出した。

「いつも冷たく澄まして、色事にはまるで興味がないと言いたげなあの鉄面皮の男を誑《たぶら》かした体を、存分に味わわせてもらうぞ」

ジャムカはまるで物を見るような冷めた視線で、部下の男たちに四肢を拘束された湖白を見下ろすと、湖白の後孔に自身を宛がい、そこを一息に貫いてきた。

「やっ……」

ずぶずぶと、ジュチのものではない醜い男根が湖白の体に埋められていく。

ジュチからあれほど、誰にも奪われるなと言われていたのに。

(ごめんなさい。ジュチ様……僕……)

堪えていた涙が一粒、頰を伝って落ちた。

謝っても、もう許してもらえないかもしれない。

自分はジュチ以外の男に汚されてしまった。それもジュチが一番嫌がる方法で。

「あっ……ぁ……」

ジャムカが無表情で腰を突きあげてくる。まるで機械的に性欲を処理するような、単調な動きは彼がこの行為にさして乗り気でないことを示しているように感じた。

それでも、以前ジュチに見つけられた中の感じる部分を男根で擦られると、湖白の口から啜り泣くような声がもれてしまう。

「や、あ、あ……」

ジュチ以外の男に犯されて感じたくないのに、どうして。

自分の感情を裏切り、勝手に熱を帯びていく体が忌々しい。

しばらくして、ジャムカは低く呻き、湖白の中で達したようだった。

滑りを帯びた中から、ずるりと力を失ったものが抜け出ていく気配に、湖白はようやく終わったのだと思った。

しかし――。

「ジャムカ様。次は俺、いいですか?」

「好きにしろ」

投げやりなジャムカの返事を合図に、興奮した様子の男に体を裏返され、再び男の熱が湖白の中に入ってくる。

腰だけを高く掲げられた、まるで獣が交わるような体勢だ。ジャムカが出した滑りの力を借りて、先ほどより深く奥を突かれ、湖白は絶望に泣いた。

「まだ終わらぬぞ。自分の妻にはせず、もっと身分の低い男に与えてやろう。これこそがジュチに屈辱を与える最大の復讐よ」

湖白の顎先を摑むジャムカの目は昏く淀《よど》んでいる。

それきりジャムカは湖白に興味が失《う》せたのか、服を元通りに直して、幕舎の片隅に座り煙管を吹かし始めた。

その間も、他の男たちは代わる代わる湖白を犯し続ける。

「面白くねぇな。声を聞かせろよ。ここを突かれるのがイイんだろ？」

尻を叩かれ、後ろからがつがつと乱暴に突かれる。

——罰が当たったんだ、と湖白は思った。

自分の短慮な行動のせいで、李鵜と大ハーンを死なせてしまったこと。

そして、ジュチに黙って、勝手に狼族の集落を出てきてしまったことの。

だんだん意識が朦朧としてくる。

苦しさに床に顔をついていると、空いた口に違う男のものを含まされた。順番待ちをしている男たちのものも、両手で扱くよう命じられる。

逆らうと、容赦なく顔を叩かれた。中で何度も出され、顔も男たちの出したもので白濁まみれになる。

この悪夢はいったいいつ終わるのだろう。自分はもうこれ以上ないほどに汚されてしまった。

これではもうジュチのもとに戻ることもできない。

……戻りたいとでも思っていたのだろうか。

自分からジュチのもとを離れたくせに今さら？

この期に及んで、ジュチに縋ろうする自分の浅ましさが嫌になる。

いっそ舌を嚙み切って死んだら楽になれるだろうか。

絶望の果てで湖白がそう思った、そのときだった。

「なんだ？　なんの騒ぎだ？」

幕舎の外がにわかに騒がしくなり、湖白を犯していた黒豹族の男たちがざわめく。

大地を揺るがす低い振動——あれは馬の蹄音だ。

たくさんの馬が黒豹族の幕舎めがけて駆けてくる。

「狼族だ！　くそっ、なぜここが！」

幕舎の入り口の布を開け、外の様子を確認した黒豹族の男たちが、慌てた様子で着衣を直し、武器を手に取る。

（狼族……？）

全裸で床に投げ出されたままの格好で、湖白はぼんやりと目を開いた。

幕舎の入り口を破って、中に眩しい光が射《さ》し込んでくる。

「湖白！」

聞きなれた愛しい声。黒髪を振り乱す、愛しい男の姿。

これは自分が見せた幻だろうか。

ジュチは今、金国へ出陣しているはずだ。

甲冑姿のジュチは黒豹族の男たちに囲まれた湖白の姿を見つけると、なにがあったかを瞬時に察し、激昂したようだった。

「貴様ら！」

刀を手に単身斬り込んでくるジュチに、ジャムカたちが雄叫びを挙げて一斉に襲いかかる。

その瞬間、ジュチの体が瞬く間に白い狼に変身した。

光の加減で青みがかって見える、白く美しい毛並みを持つ狼だ。

ジュチは黒豹族の攻撃を巧みに避けると、迷わずジャムカの喉笛に嚙みついた。

幕舎の中にジャムカの絶叫が木霊する。

黒豹族の男たちがジャムカを助けようと、ジュチに襲いかかるが、ジュチは素早く身を翻し、前脚で黒豹族の男たちの体を押し倒す。

その瞬間、ジュチに続いて、雪崩れるように狼族の兵士たちが幕舎の中にやってきた。

オゴタイやチャガタイも一緒だ。

「湖白くん！」

「貴様ら、この者になにをした！」

ジュチは彼らに戦いを任せると、一目散に湖白のもとへ駆け寄ってきた。

「湖白、湖白っ……！」

青い瞳に白く美しい被毛を持った凛々《りり》しい狼姿のまま、ジュチは床に仰向けに横たわる湖白の頰を懸命に舐めてくる。

大ハーンそっくりの狼姿に、湖白は目を細めた。

ああ、よかった。ジュチ様、ちゃんと狼になれましたね。
これでもう誰も、ジュチ様を半端者だなんて陰口を叩いたりしない。
ジュチ様は正真正銘、大ハーン様のお子です。
蒼き狼の血を引き継いだ、正統なるハーンです。
涙が零れる。これが夢ならどうか覚めないで。
「ジュチ様……」
震える手を伸ばし、ジュチのふわふわとした被毛の感触を確かめる。
湖白はそこで意識を手放した。

八・

ずきん、と全身を突き刺すような鋭い痛みに目が覚めて、湖白は低く呻いた。

どうやら寝台の上に仰向けに寝かされているようだ。薄く目を開くと、ぼやけた視界に見慣れた赤い柱と白い布が張られた天井が映る。

ここはジュチのオルドだと気づき、湖白は慌てて体を起こそうとした。

しかし、額を誰かの大きな手で押さえられてしまう。

「無理をするな。まだ起きあがるのは辛いだろう」

「ジュチ様……」

寝台の傍らには、青い民族衣装を着たジュチが座っていた。

人間の姿に戻っているが、頭には狼の白い耳がついている。ぱたぱたと落ち着きなく床を打っている白い尻尾も、やはり狼のものだ。その姿に、意識を失う前に見た光景が夢ではなかったのだと知り、湖白は思わず目を細めた。

「ずっと寝たきりでいたから心配したのだぞ。水は飲めそうか？　奶茶のほうがよければ、すぐに淹《い》れてやるが」

ジュチが優しく湖白の頭を撫でてくる。

黒豹族の幕舎で意識を失った湖白を狼族の集落まで連れ帰り、今まで看病してくれていたのだろう。今日は何日かと尋ねると、あれからすでに三日が経っていると教えてくれた。

「体は大丈夫か？　どこか痛むところはないか？」

心配そうな声でジュチに問われ、湖白は改めて体のあちこちが痛んでいることに気がついた。自分の体にいったいなにが……とぼんやり思ったところで、黒豹族の男たちに代わる代わる犯された記憶が甦り、湖白は身震いした。

ジュチの頭に狼の耳があるのならば、湖白の身に起きたあれも夢ではなかったのだろう。温かな手で頭を撫でられる心地よさにうっとりしている場合ではない。

湖白は慌てて体にかけられた毛布を頭まで引きあげた。

「見ないで……」

「湖白……」

「見ないで……ください。お願いですから」

寝台の上で体を丸め、震える声で懇願する。

ジュチが自分を助けに来てくれたことは、涙が出るほど嬉しい。けれど、自分は汚い。汚されてしまった。それもジュチが一番嫌がる方法で。

「ごめんなさい、ジュチ様……僕……僕……」

黒豹族の幕舎でなにをされたかなんて、湖白の体に残る傷跡を見れば、ジュチに容易に知られてしまっただろう。

それでなくとも、黒豹族の男たちの精液を全身のいたるところに浴びていたのだ。

その痕跡《こんせき》はすっかり清められているとはいえ、今も自分の体から臭気が漂ってくるような気がして、湖白は気が気でなかった。

「謝るな。俺こそ、助けに行くのが遅くなって悪かった……。お前の様子がおかしいことには気づいていたのに、お前を放って戦などに行って……。すべて俺の責任だ。許してくれ」

ジュチが毛布越しに湖白の体を優しく抱きしめてくる。

深い自責の念に駆られているのか、ジュチの声は苦しそうに震えていた。

湖白が狼族の集落を抜け出したあと、バトゥが馬を走らせて、ジュチのもとへ湖白が行方《ゆくえ》不明《ふめい》になったことを報《しら》せたらしい。

金国へ向かう道中、ちょうど悪天候で足止めを余儀なくされていたジュチたちは、バトゥの報告を聞くやいなや、金国への出兵は来春に改めることを決め、すぐに全軍を率いて集落へ引き返したそうだ。

だが、広い草原の中で湖白の捜索は容易ではない。途中、湖白が世話になった隊商たちから話を聞き、黒豹族の幕舎を見つけることができたのは幸運だったとジュチは語った。

「お前はなにも悪くない。お前を守りきれなかった俺がすべて悪いのだ。だから、どうか顔を見せてくれ、湖白。お前が無事であることを確認したいのだ」

ジュチが優しい手つきで、湖白が被っている毛布を剝ごうとしてくる。

けれど、自分はもうジュチに合わせる顔なんてない。

黒豹族に汚されてしまった自分の姿は、ジュチの目にどう映るだろう。

大ハーンの仇討《かたきう》ちをするために意気込んで出陣していったジュチたちを、わざわざ引き返させるような真似《まね》までしてしまって。迷惑をかけたどころの騒ぎじゃない。

「湖白。毛布を離せ。いつまでもその体勢でいては、落ち着いて話もできないだろう」

ジュチに命じられるも、湖白は素直に従うことができなかった。

きっと今、ジュチは自分に呆れた視線を向けているだろうから。

嫌だ。見られたくない。怖い。ジュチに嫌われるのが怖い――。

毛布の中で体ががくがくと震える。できることなら、このまま消えてしまいたい。

と、その瞬間、湖白は自分の手足が徐々に、白い産毛で覆われた鹿のものに変化していくのに気がついた。

「あ……」

自分はもう人間の姿も保てないほど、心が疲弊してしまっているのだろうか。

花琳が鹿の姿に変身するのは何度も見たことがあるが、湖白が変身するのはこれが初めてだった。

ジュチは毛布を剝ぐと現れた小さな白鹿姿の湖白を見て、一瞬息を吞んだようだった。

「湖白……」

痛ましげに眉根を寄せ、ジュチは毛布ごと湖白の体を腕に抱きあげてくる。

湖白が突然鹿の姿になって驚いているはずなのに、湖白の頭を撫でるジュチの手は相変わらず優しい。

しかし、ジュチが湖白の額に口づけてこようとした瞬間、湖白はびくっと体を震わせてしまった。

「あれだけひどいことをされたのだ。だから、お前が男を怖がる気持ちはわかる。でも、どうか俺だけは怖がらないでくれ」

悲しげに懇願するジュチの声が、二人きりのオルドの中に切なく響いた。

＊

それから何日経っても、湖白は人間の姿に戻ることができなかった。

花琳は鹿と人間の姿を器用に使い分けることができるのに、湖白は初めて鹿の姿になったせいか、人間の姿に戻る方法がよくわからなかった。

ジュチの手厚い看護のおかげで、黒豹族に犯されてできた外傷はだいぶ治ってきたが、いつまで経っても人間の姿に戻ることができない湖白を心配して、ジュチは再び狼族の医師をオルドに呼んだ。

「恐らく心因性の……」

しかし、狼族の医師はそう言ったっきり、気まずそうに口を噤《つぐ》んでしまう。

狼族の生態は深く理解していても、白鹿族の体を詳しく診《み》ることはできないのだろう。

湖白の力になれないことを申し訳なさそうに何度も詫びて、医師はオルドを出ていった。

ほかにも連日、狼族の仲間が何人も連れ立って湖白の見舞いに訪れたが、湖白の体調が優れないことを理由に、ジュチは彼らの面会をすべて断っているようだった。オルドの外から見舞い客と思《おぼ》しき人たちの声をたびたび聞くことがある。

『小僧が集落を出ていったのは、もしかして俺のせいか？　俺が父上の葬儀の日についカッとなって、手ひどい言葉を投げてしまったから』

『チャガタイ兄様だけのせいじゃないよ。湖白くんを追い詰めてしまったのは、僕たち全員の責任だ。湖白くんに暴行を加えた黒豹族は全員始末することができたけど、それだけじゃ湖白くんの心の傷は癒えないだろうね』

この声はチャガタイとオゴタイだ。彼らにはなんの責任もないというのに、彼らにまで心配をかけてしまっていることが申し訳なく、湖白はさらに塞ぎ込んだ。

「あにうえ、おなかにぐっとちからをいれれば、にんげんにもどれるよ」

特に花琳は湖白が心配でならないようで、ずっと湖白のそばにつき添って、何度も根気よく人間の姿に戻るコツを教えてくれる。

しかし、花琳の言う方法を試してみても、結果は変わらない。

次第に花琳の相手をしていることも疲れて、湖白は喋れなくなってしまった。

なにかを言葉にしようと思っても、喉が詰まって自由に声を発することができない。

次第に起きあがるのも億劫になった。なにもする気力がなく、食欲も湧かない。

「お願いだ、湖白。なにか食べてくれ」

ジュチは毎回、湖白が横たわる寝台まで食事を持ってきてくれたが、バトゥが丹精込めてつくってくれた美味しそうな料理の数々を見ても、湖白の心は惹《ひ》かれなかった。

むしろ、忙しいジュチにいつまでも身の回りの世話を焼かせてしまっている自分が申し訳なくて、今すぐ消えてしまいたくなる。

ジュチは湖白が白鹿の姿になっても構わず体に触れたがったが、湖白はジュチの大きな手で体を撫でられるたびに、びくびくと体を震わせてしまう。

自分でもなぜそのような反応が出てしまうのかわからなかったが、湖白が震えるたびにジュチが傷ついたような表情をするのが心苦しくて、ますます身の置き所がなくなった。

「狼の姿ならば、近づいても怖くないか？」

すると、ジュチは今度、白い狼姿になって湖白に添い寝する作戦を思いついたようだ。

人間の姿のままでは、湖白が黒豹族の男たちに暴行されたことを思い出して、怯えてしまうと考えたのかもしれない。

白鹿姿の湖白の二倍以上も大きな狼姿のジュチの、毛足の長い体にゆったりと包まれて、丁寧に毛づくろいを受ける。

ジュチが以前と変わらず自分を慈しんでくれるのがわかり、泣きたい気持ちになったが、湖白は胸に渦巻く感情を言葉に出して伝えることができなかった。

代わりに、くぅんと甘えるような声が鼻先からもれる。

ジュチに毛づくろいしてもらえるのが気持ちいい。できたら、ずっとこのままジュチに甘えていたい。白鹿の姿でなら、ジュチに愛玩《あいがん》してもらえるだろうか。

他部族に汚されてしまった自分はもうジュチの伴侶になる資格はないけれど、もしジュチが許してくれるのなら、愛玩動物としてでもいい。オルドの片隅に置いてもらいたい。

ジュチにもう迷惑はかけないと誓うから。

「集落を出ていくときに、花琳に将来、俺の花嫁になれと言ったらしいな」

湖白がジュチの胸元のふかふかの被毛に鼻先を擦りつけていると、ジュチは花琳から話を聞いたのか、おもむろに口を開いた。

「お前はなぜそこまで花琳に遠慮をする。お前は、お前の欲しいものまで妹に譲るつもりか」

厳しい声音で問いかけられるが、湖白はなにも答えられなかった。

花琳に遠慮をしているつもりはないが、ジュチと花琳が結ばれればいいと思ったのは本心だ。

ジュチは自分にはもったいない人だ。念願かなってようやく、白い狼の姿になることもできた。これで、もう誰もジュチを大ハーンの子ではないと疑ったりしないだろう。

優秀なハーンを戴《いただ》き、狼族はこれからさらなる繁栄を築いていくに違いない。

「黒豹族の幕舎で倒れているお前を見たとき、俺は生まれて初めて怒りで我を忘れた。無我夢中とは、あのようなことを言うのだな。頭が真っ白になって、お前のことしか考えられなくなって……気がついたらジャムカの首に噛みつき、俺は狼の姿になっていた」

湖白を助けに行ったときのことを思い出しているのか、ジュチの声がわずかに震えている。

「俺が狼の姿になれたのは、お前のおかげだ。だから、お前がどんな姿であろうと、俺は構わない。俺の伴侶は生涯お前だけだ。湖白」

ジュチの言葉はありがたいが、同時に切なくもあった。

ジュチが自分を愛してくれているのは、恐らく間違いないだろう。

けれど、最近のジュチは、湖白を見るたびに苦しそうな表情をしている。他部族の凌辱から湖白を守りきれなかった己を、ジュチはきっと強く責め続けるだろう。

自分の存在が、愛する人を苦しめるぐらいなら、自分はきっと存在しないほうがいいのだ。

(ごめんなさい、ジュチ様……。僕も、ジュチ様の伴侶になりたかったです……)

湖白の頬をほろほろと零れる涙を、ジュチが優しく舐め取ってくれる。

湖白にも、どうすればいいのか、もうわからなかった。

皆に迷惑をかけるから、再び集落を出ていくという選択肢は選べない。かと言って、自ら命を絶つような勇気もない。湖白がそれをしたら最後、ジュチが永遠に苦しみ続けることになるだろうとわかるから。

互いに愛し合っているはずなのに、幸せになるのは、なぜこんなにも難しいのだろう。

張り裂けそうな思いを胸に抱えたまま、湖白はそっと目を閉じる。

白い狼姿のジュチの温かな被毛に抱かれ、その日も草原の夜は静かに更けていった。

*

「花琳が集落からいなくなった？」

バトゥからその報告を受けたのは、湖白が狼族に戻ってきて半月ほどが過ぎたときだった。

狼の耳と尻尾を生やした人間の姿で腕を組むジュチは、集落周辺の見回りから帰ってきたばかりだ。

外は激しく吹雪《ふぶ》いているのか、ジュチの帽子や肩の上には白いものが積もっている。

「すみません。僕が目を離した隙に」

バトゥはよほど責任を感じているのか、珍しく涙ぐんでいる。

最近、花琳の様子がおかしいことは湖白も気づいていた。湖白の見舞いにやってきていても、いつものように笑わない。湖白がずっと床に伏しているせいか、花琳も元気が出ない様子だった。

「すぐに捜しに行く。子どもの足だ。まだそう遠くまで行っているはずはない」

「はい」

バトゥが馬を用意しに、すぐにオルドの裏側の厩へと走っていく。

開け放たれた幕舎の入り口の向こうには、すでに雪が積もり始めていた。ひんやりとした空気が寝台にいる湖白のもとまで伝わってくる。

居ても立ってもいられず、湖白は寝台の上で起きあがった。

ずっと寝たきりでいたせいか、前脚に力を入れただけで思わずよろめいてしまう。

「どうした、湖白」

(僕も連れていってください)

声が出せないのが、これほどもどかしいと思ったことはない。

花琳はこんな深い雪の中、一人でどこへ行ったのだろう。遭難したらどうするのか。

そう思うと、自分一人だけオルドの中でじっとしているわけにはいかなかった。

湖白が、くん、と鼻を鳴らしていると、ジュチは湖白の意図を正確に読み取ってくれたらしい。

「だめだ。今日は雪がひどい。すぐに見つけてくるから、お前はオルドの中で待っていろ」

（いやです）

湖白はぷるぷると首を横に振った。震える脚に懸命に力を入れ、どうにか立ちあがると、寝台から床に下り、ジュチの生成り色の下袴《ウムドウ》の布地に嚙みつく。

花琳が集落から急に出ていった理由は定かでないが、恐らく自分のせいだろう。

自分がいつまでも人間の姿に戻らないから、花琳の相手を満足にしてあげられず、花琳は寂しさに拗《す》ねてしまったのかもしれない。

「……まったく。ならば、俺と同じ馬に乗れ。俺のそばから絶対に離れるな」

ジュチは湖白を胸元に抱きあげると、湖白の体に毛布を何重にも巻きつけ、紐《ひも》を使って自分の体にくくりつけた。

そして、その上から分厚い羊毛の外衣を羽織り、外に出る。

ちょうど外衣の左右の袷から、湖白の顔だけがちょこんと覗いているような体勢だ。

ジュチは湖白を胸元に抱えたまま、慎重に馬に乗ると、集まってきた狼族の男たちに指示を出し、勢いよく馬の腹を蹴《け》った。

雪の上に残る、集落から出ていったと思しき真新しい足跡は全部で四つ。

狼族のよく利く鼻も、しんしんと降り積もる雪の中では、花琳のにおいを嗅ぎ分けることができなかったようで、四方に別れてそれぞれの足跡を追う作戦となったらしい。

「お前たち兄妹は本当に手を焼かせる」

全速力で馬を走らせながら、ジュチが小さく舌打ちをする。

湖白はジュチの胸元に抱かれたまま、申し訳なさに縮こまった。

その間も雪はどんどんひどくなり、視界が真っ白になる。ジュチの胸にぴたりと体を寄せて、毛布で何重に包まれていても、寒さを感じるぐらいだ。

花琳は無事でいるだろうか。

それなりに厚着をしていたはずだが、この吹雪《ふぶき》の中では何時間も保たないだろう。真っ白な雪の中で、一人凍えている花琳を想像しただけで、胸がきりきりと痛む。

「お前を捜しているとき、俺がどういう気持ちでいたか、わかったか？」

ジュチに問われ、湖白はこくこくと何度も頷いた。

どうして花琳は一人で無茶な行動に走ったのだろう。集落を出ていく前に、なぜ自分にひと声かけてくれなかったのか。悩んでいることがあれば、なんだって聞いたのに――。

そこまで考え、湖白ははっと気がついた。

（これって全部、僕が先日ジュチ様に味わわせた気持ちだ。ジュチ様だけじゃない。花琳やバトゥにも、たくさん心配をかけて……）

あのときは今日ほど気温も低くなく、吹雪いていなかったけれど、自分がどれだけ短慮な振る舞いをしてしまったのかを、湖白は身に染みて反省する。

どうしてあのときは、傷ついているのが自分一人だと思い込んでいたのだろう。

自分のした身勝手な行動のせいで招いた最悪な結末は、自分だけでなくジュチや花琳たちを今も苦しめている。

それなのに、自分はたくさんの人の気持ちを傷つけた事実と向き合おうとせず、白鹿の姿になって、いつまでも現実逃避ばかりしている。

これでは花琳が呆れて、自分のもとから逃げ出しても当たり前だ。

(花琳が見つかったら、謝らなくちゃ。僕の独りよがりな行動で、みんなに迷惑をかけたこと。たくさん心配させてしまったこと……。ジュチ様にも今までの感謝と、僕の素直な気持ちを、ちゃんと伝えなくちゃ……)

人間のように器用に動かすことのできない鹿の前脚で、湖白はぎゅっとジュチの胸にしがみつく。すると、ジュチは馬の手綱を操りながら、空いたもう片方の手で、湖白の頭を宥めるように優しく撫でてくれた。

「――いました、ジュチ様！　花琳様があそこに」

と、そのとき、別の馬に乗って先導していたバトゥが大きな声をあげた。

バトゥの指さす先に、赤い民族衣装を着た花琳様が岩場の陰に身を寄せて、小さく蹲《うずくま》っているのが見える。

「心配したぞ、花琳。こんなところでなにをしているのだ。オルドへ戻るぞ」

ジュチが湖白を胸に抱いたまま馬から下りると、バトゥが自分の馬にくくりつけて持ってきた毛布で花琳の体をすぐさま包んだ。

花琳は幸いまだ意識があり、自分を迎えにきたジュチたちを認めると、泣き濡れた顔をあげた。バトゥの目を盗んで集落を出てきたはいいものの、途中から深い雪で身動きがとれなくなり困っていたのだろう。

「なぜ急に集落を出ていった。危険だから絶対に一人で集落を出てはいけないと、俺は教えたはずだ」

花琳を叱るジュチの声が厳しくなる。花琳を心配する余り、自然と険しい表情になってしまったのかもしれない。しかし、花琳はひっくとしゃくりあげるばかりで、とてもジュチの質問に答えられる状態ではなさそうだ。

(ジュチ様、下ろしてください。花琳のそばに行かせて)

前脚で懸命にジュチの胸を叩き、湖白はジュチの胸から下ろしてもらうと、泣き続ける花琳の正面に四本の脚で立った。

「……あにうえ」

自分によく似た菫色の大きな瞳から零れる涙を優しく舌で舐め取る。

花琳が震えているのは寒さだけでなく、きっと湖白たちに対する罪悪感からだろう。花琳がなんの理由もなくジュチの言いつけを破るほど、悪い子ではないことを湖白は知っている。

だから、花琳が自分から話してくれるまで、湖白は辛抱強く待った。

「あにうえ、ごめんなさい。かりんがいるから、あにうえがにんげんにもどれないんだって、バトゥにいわれたの」

ぐすんと洟を啜りながら、花琳が口を開く。

「そんなことを言ったのか、お前は」

ジュチが非難するように鋭い視線をバトゥに向ける。

「ち、違います。僕は湖白様が人間の姿に戻らないのは、花琳様に遠慮されているからだという、ジュチ様のお言葉を聞いて……」

「それをそのまま伝えたのか」

ジュチが眉間の皺を揉む。その隣でバトゥは申し訳なさそうに肩を竦めている。

たしかにジュチの言葉を端的につなぐと、湖白が人間の姿に戻れないのは花琳のせいだと勘違いされても仕方ない。

だとしたら、花琳が急に集落から出ていったのは、自分に責任を感じたから?

バトゥから伝え聞いた言葉を真に受けて、湖白の不調の原因が自分にあると、思い詰めてしまったのだろうか。

「ねぇ、あにうえ。かりん、おおきくなっても、ジュチのおよめさんにはならないよ。ジュチのおよめさんは、あにうえでしょ。どうして、かりんにジュチのおよめさんになれなんていうの？」

花琳がたどたどしく訴えてくる言葉は全部、湖白がかつて花琳に伝えたものだ。

花琳によかれと思って、勝手に押しつけた湖白の利己的な考えだ。

「かりんがいなければ、あにうえ、ジュチのおよめさんになる？　ジュチのおよめさんはあにうえなのに、かりんがじゃましちゃった？」

花琳はいつから自分の存在が湖白を苦しめていると勘違いして、幼い心を痛めていたのだろう。

湖白がいつまでも塞ぎ込んでいたばかりに、花琳に余計な心配をかけさせて。自分のことが邪魔だなんて、悲しいことを花琳の口から言わせてしまった。

（ごめんね、花琳……）

自分は兄失格だ。湖白の目からぼろぼろと涙がこぼれてくる。

幸せとは誰かの一存で決まるものでも、誰かに用意されて摑むものでもない。

自分の意思で、様々な選択肢の中から選び取っていくものだ。

幼い花琳は誰に教えられなくても、そのことをちゃんと理解しているというのに、自分だけが一人いつまでも勇気を出せずにいて。

（邪魔なんかじゃない。邪魔なんかじゃないよ、花琳。僕が全部悪かったんだ……）

声を出せないのがもどかしい。

「なかないで、あにうえ。ジュチもバトゥもかりんも、あにうえがだいすきだよ。だから、はやくにんげんにもどって。かりん、にんげんのすがたのあにうえにあいたいよ」

冷たくなった花琳の両手が伸びてきて、正面から抱きしめられる。

これではどちらが兄だかわからない。

「そうだ。俺たちはお前が大好きなんだ。花琳に言われなくても、それはお前もとっくに気づいているだろう」

背後から温かな感触に包まれる。ジュチが毛布を開いて、その中に湖白の体を包んできたのだ。

「お前はなんでも思い詰めて、一人で解決しようとする癖があるから心配だ。たまには素直に俺たちを頼れ。お前が苦しんでいるときになんの力にもなれないのが、俺たちは辛いのだ」

バトゥと花琳がジュチの言葉に頷いて、ひたむきな視線を湖白に向けてくる。

ジュチがオルドに迎えてくれた瞬間から、湖白にはかけがえのない家族が増えた。

いつだって湖白を無条件に慕って、優しく包んでくれる、湖白がずっと求めていた安らかな居場所。それが今、あとほんの少し勇気を出して摑めば、永久に湖白の手に入る位置にいる。

「俺はなにを聞いても怒らない。お前を嫌いになったりしない。だから、遠慮せずにお前の考えを聞かせてみろ。本気で俺と花琳を結婚させたいわけではないのだろう？」

耳元で囁かれる優しいジュチの声に、涙腺がじわりと熱くなる。

「お前の願いはなんだ、湖白」

ずっとずっと、わがままな気持ちは心の奥底に押し込めて生きてきた。

自分の願いより花琳の願いを、自分の幸せより他人の幸せを優先して、それが当たり前のことだと思って我慢してきた。

けれど、ジュチの前でなら、自分本位な願いを口に出しても構わない？　自分の欲望に素直になって、目の前の人が欲しいと、みっともなく縋っても許されるだろうか。

（ジュチ様……）

優しく自分を見つめてくる青い瞳が愛しくて、恋しくて、眩暈がする。

どうしても今、ジュチに伝えたい言葉がある。鹿の姿のままではだめだ。

人間の口で、言葉で、ジュチにどうか伝えたい。

「僕、ジュチ様が好きです――」

胸に溢れる想いを声に乗せた瞬間、鹿の手足が消え、体が急速に大きくなっていった。

けれど、それにも気づかぬまま、湖白はジュチに抱かれた毛布の中で、懸命に言葉を紡ぐ。

「だから、どうか僕をジュチ様のお嫁さんにしてください。黒豹族に汚されてしまった僕の体では、もうおそばに置いていただく資格はないのかもしれないけど、僕、ジュチ様が好きです。好きなんです……。ごめんなさい……」

ジュチの逞しい胸に縋りつき、湖白は嗚咽を零す。

しゃくりあげる涙は塩辛く、胸が詰まって呼吸をするのもやっとのひどい状態だ。

今までさんざんジュチを振り回して、迷惑をかけてきた。

それなのに、この期に及んでジュチの伴侶にしてほしいだなんて贅沢を言って、ジュチは図々しいと呆れただろうか。

ジュチが好きだと、愛していると一言言うだけで、胸がこんなにも震える臆病な自分を、ジュチはまだ伴侶にしてもいいと思ってくれるだろうか。

「ようやく気持ちを聞かせてくれたな」

湖白がおそるおそる返事を待っていると、ジュチはとても嬉しそうな声で呟いた。

「謝ることはない。俺はずっと、お前のその言葉を待っていた」

「ジュチ様……」

「俺はお前以外オルドに迎えるつもりはないと、何度言ったらわかるのだ」

湖白の髪に降り積もった雪を払いながら、ジュチが目を細めて笑う。

ジュチが滅多に人前では見せない、湖白の好きな優しい笑顔だ。美しい色合いをもつ青い瞳が、わずかに濡れているように見えるのは気のせいだろうか。

「誰に汚されようと、お前の心は清いままだ。俺の唯一無二の宝だ。だから、誰にも遠慮することはない。俺の伴侶として、ずっとそばにいてくれ」

顎を摑まれ、誓いの口づけを受ける。

幸せすぎて夢のようだ。

誰の身代わりでもない、ジュチが本心から告げてくれた、湖白への求婚。

今まで湖白が犯してきた罪を全部許して、ジュチは湖白を生涯の伴侶にしてくれると言う。

湖白の頰を流れる涙はいつしか、温かなものへと変わっていた。

ジュチの舌が、湖白の緊張を解すように口内を優しくあやしてくる。くすぐったい感触に湖白は「ん……」と、鼻息を零す。

ジュチの背中におずおずと手を回すと、さらにきつく腰を抱かれた。二人の隣では、バトゥが花琳を毛布で包みながら顔を真っ赤にさせている。

「ほ、本当にいいのですか？　僕は男だから、子どもも産めないです。ジュチ様のあとを継ぐ子どもがいなかったら……」

長い口づけを終えると、いまさらながら外で大胆な行為に及んでしまったことに気づき、湖白の胸に恥ずかしさが込みあげてきた。と同時に不安も覚える。

ジュチが自分の気持ちを受け入れてくれたことは嬉しいけれど、男の自分はハーンの伴侶としての務めを満足に果たせるわけではない。

しかし、ジュチは湖白の悩みなど、あっさりと笑い飛ばしてしまう。

「ハーンならば、次はオゴタイにでも継いでもらえばいい。トゥルイでもいいな。バトゥも見込みがあるから、将来は期待できるかもしれんな」

ジュチの思いがけない言葉に、バトゥが狼の耳をぴんと立てて、恐れ多いと言いたげに首をぶんぶんと横に振る。

「チャガタイ様は？」

「あいつはダメだ。神経質で細かすぎるから、父上からもハーンではなく掟の専門家に徹するようお達しを受けている」

湖白が尋ねると、ジュチはわざとしかめ面をしてみせた。それを隣で見ていた花琳がくすりと笑う。

「だから心配するな。誰になんと言われようと、俺の伴侶はお前だけだ。集落に戻ったら、きちんと祝言《しゅうげん》を挙げるぞ。それが終わったら、今度こそお前の名前の由来となった白い湖を見せに連れていってやろう。二人で馬に乗ってな」

ジュチは湖白とかつて交わした約束を律儀に覚えていてくれたらしい。

「はい……。嬉しいです。楽しみにしています」

ぐっと胸が詰まり、幸せなはずなのに、また涙が出てくる。

ジュチは湖白を腕に抱いたまま立ちあがると、湖白の唇に再び啄《ついば》むような口づけをしてきた。

「愛しているぞ、湖白」

ジュチはこんなにぽんぽんと甘い台詞を吐く人だっただろうか。湖白が人間に戻ったことがよほど嬉しかったのかもしれない。

蕩けきった笑みを浮かべるジュチはとても幸せそうで、湖白もつられて笑顔になった。

「僕もです、ジュチ様。世界の誰よりもジュチ様が好き……愛しています。だから、ずっと、ずっと僕をおそばに置いてくださいね」

それは湖白が抱く、たった一つの強い願い。

好きな人と想いを通わせる喜びを知ってしまったら、きっともう一人には戻れない。

ジュチに恋をして、湖白はすっかり弱くなってしまった。けれど、そんな弱い湖白ですら、ジュチが愛してくれると言うのなら、なにも恐れることはない。

「ああ。約束する」

そう言って力強く頷いたジュチに、湖白は迷わず自分の生涯を捧げようと決めた。

いつか自分たちが年老いて草原の土に還《かえ》るその日まで、これからジュチと過ごす日々を大切に、幸せを一つずつ積み重ねていきたい。

「オルドに帰るぞ」

ジュチがバトゥと花琳を促し、馬のもとへ戻る。

雪は相変わらず降り続いていたけれど、ぼぅっと火照った湖白の頬はしばらく冷めそうになかった。

＊

オルドに戻っても、ジュチは湖白を腕に抱いたまま下ろしてくれなかった。

そろそろ一人で歩けますと湖白が訴えても、ジュチは聞く耳を持たない。

「バトゥ。花琳を連れて向こうの幕舎に行っていろ」

それればかりか、花琳と向かい合って互いの外衣に積もった雪を払っていたバトゥを隣の幕舎に追い出そうとしている。

「ここから先は大人の時間だ」

「あ、はい！　わかりました」

バトゥは急いで暖炉《だんろ》に火を起こすと、ぺこりと頭を下げ、花琳を連れて足早にオルドを出ていった。

「ジュチ様、あの……」

ジュチがなぜ人払いをしたのかわからず、湖白が戸惑っていると、そのまま有無を言わさず寝台へと連れていかれた。

「今さら待ったはなしだ。今から初夜をやり直すのだからな」

「初夜……？」

「お前が俺の求婚を受け入れ、初めて俺への気持ちを聞かせてくれた。だから、今日が晴れて俺たちが正式な伴侶となった初めての日だろう」

湖白はそんなつもりはなかったけれど、ジュチは節目にこだわる性質なのかもしれない。

「先日も俺はお前と気持ちを通わせたつもりでいたが、逃げられてしまったからな。祝言はまた日を改めて盛大に行うつもりでいるから、まずは先にお前の気持ちを確かめさせてくれ」

寝台の上に仰向けに寝かされ、上から覆い被ってきたジュチの腕の中に囲われる。

そのまま、慈しむように頬を撫でられ、唇を塞がれた。

「ん……、ジュチ様……」

下唇を食むようにしばらく遊ばれたあと、歯列を割って、ジュチの舌が湖白の口蓋《こうがい》の裏側を舐めあげてくる。

官能を急速に呼び起こすような深い口づけにぞくぞくと背筋が震える。

「すまない。どうにも今日は余裕がない。今からお前を抱くぞ」

いつになく熱っぽい声で囁かれ、湖白は胸を高鳴らせた。

冬用の分厚い民族衣装の上からでもわかるほど、ジュチの雄はすでに熱く昂《たかぶ》っている。

「早くお前を俺のにおいで満たしたい」

ジュチは狼の姿を得てから野性的な行動が目立つようになった。

尖った牙で喉を甘嚙みされると、まるで自分が獲物になったかのような感覚に陥る。

きっと湖白をオルドに連れ帰っている間中、湖白を抱きたい衝動をずっと我慢していたのだろう。ジュチの尻から生えた白いふさふさとした尻尾は、これ以上待ちきれないとばかりに大きく左右に揺れている。

「はい。僕も、ジュチ様に抱いていただきたいです」

正直、黒豹族の手で汚されてしまった体を、ジュチの目の前に晒すのはまだ怖い。けれど、ジュチの手でしか、自分の体についた汚れは消すことができない。

民族衣装の帯を解いて、ジュチが湖白の胸に直接触れてくる。

冷たい指先で乳首を挟まれると、ぴり、と痺れるような感覚が走った。

「あっ……」

決して乱暴にされているわけではないのに、自分より大きな手で体をまさぐられると、湖白の体はどうしても黒豹族に犯された日の記憶を思い出し、強張ってしまう。

「怖がる必要はない。今、お前に触れているのは俺だ。だから安心して、感じている顔を見せてくれ」

ジュチも湖白が怯えていることに気づいているようだ。湖白の表情を確かめながら、慎重な手つきで胸を撫で、徐々に下腹部へと手を滑らせていく。そのまま、わずかに兆し始めていた前をジュチの手で摑まれ、湖白は反射的に身をよじった。

「やっ……そこは……」

「よかった。反応しているな」

ジュチがほっとした様子で、湖白の頰に口づけを落としてくる。

「恥ずかしいです、ジュチ様」

湖白は大きく胸を喘がせた。まだ口づけぐらいしか交わしていないのに、ジュチのにおいを間近に嗅いだだけで、熱く火照ってしまう自分の体が恥ずかしい。

以前、ジュチに抱かれたときの快感を覚えているからだろうか。

黒豹族の男たちに触られたときは、ただただ嫌悪感しかなかった。

それがジュチが相手だと、自分の体はこんなにいとも容易《たやす》く高まってしまうなんて。

「ジュチと呼べ。敬称はいらぬ。お前は俺の伴侶だろう」

ジュチが右手で湖白の砲身をゆるゆると上下に扱きながら、甘い声で命じてくる。

「あっ……ジュチ……さま」

がんばって呼び捨てにしようと思っても、やっぱりだめだ。恥ずかしい。舌に馴染んだ響きをなかなか変えることができない。

「呼び捨てでいいと言っているのに」

ジュチが拗ねたように、音を立てて湖白の頰を啄む。

「ごめんなさい。まだ慣れなくて……。あ、あの、練習します。だから……」

どうか呆れないでほしい。嫌わないでほしい。

潤んだ瞳で見つめていると、湖白の気持ちは言わずとも、ジュチに正確に伝わったらしい。

「お前の律儀な性格は愛しているが、臆病すぎるところは徐々に直していかなくてはだめだぞ」

「はい……すみません」

「それに、俺しか見ていないのだから、閨ではもっと大胆に乱れてもよい」

「あっ……や、あ、あ……ん」

ぬる、とジュチの指先が滑ったのは、湖白がすでに先走りを漏らしていたからだ。

包皮から赤く熟れた花茎を剝き出しにすると、ジュチは先端の孔を指の腹でねちねちと弄ってくる。そして溢れた透明の蜜を指先に絡めると、ジュチは上を向いてびくびくと震える湖白の砲身を手の平で覆った。

「だめっ、だめです……や、あ、あ……」

ジュチの手が湖白を扱く右手の動きを徐々に早めていく。そのたびに、抗いがたい快感が腹の奥から込みあげてきて、湖白はぶるぶると体を震わせた。

「だめじゃないだろう。どこがよい?」

ジュチが空いた左手で、湖白の胸を撫でてくる。

乳輪をやんわりと摘《つ》ままれ、小さな粒をせり出させると、ジュチはそこに唇を寄せてきた。舌先で粒をくにくにと嬲られ、しゃぶられる。

はじめはむずがゆいだけの刺激が、快感に変わるのに時間はかからなかった。

「んっ、んぁ……きもちい、です……ジュチ様に触られているところ、全部……」

「可愛いことを言ってくれる」

ジュチが微笑んで、尖った粒芯を甘噛みしてくる。その刺激によって、じゅくんと、下腹部からまた新たな蜜が零れてくるのがわかった。

まるで全身が性感帯になってしまったようだ。ジュチに触られていると思うだけで体中が歓喜している。ジュチと早く一つになりたいと訴えている。

「あ、や、あぁ……も、出ちゃ……ジュチさま、っ、あ、あ」

「構わない。そのまま出せ」

ジュチの大きな手で、根元から先端まで一気に扱かれ、もう耐えられるはずがない。

湖白はびくびくと腰を跳ねさせて、体の奥から湧きあがってきた熱い疼《うず》きを解き放った。

「ああぁ――！」

目の前が白くちかちかと点滅する。湖白は胸を喘がせ、長く深い絶頂の余韻に浸った。

「たくさん出たな。よかったか？」

湖白の腹に散った白濁を指先でかき集めながら、ジュチが嬉しそうに笑う。

民族衣装の前を大きくはだけ、腕にひっかけるだけの姿になっている湖白と違い、ジュチはまだきっちり服を着込んだままだ。途端に羞恥が込みあげてくる。

「あ……申し訳ありません。僕だけ……」

ジュチを放って一人だけ先に気持ちよくなってしまったことが申し訳なくて、湖白は両肘を使い、ぐったりと力の抜けた体を懸命に起こした。

そして思いきってジュチの着ている青い民族衣装に手をかける。

「お願いです。僕だけじゃなく、ジュチ様も気持ちよくなってください……」

寝台の上に横座りになったまま、震える手でジュチの帯を解いていくと、逞しい男根が姿を現した。硬く張り詰めた状態のままでいては苦しいだろう。

以前ジュチが自分にしてくれたことを思い出し、湖白はおずおずと申し出た。

「ここを舐めてもいいですか?」

「湖白……」

ジュチがごくりと唾を呑んだのがわかった。いきなりはしたない願いを口にした湖白に驚いているのかもしれない。

ジュチは深く眉根を寄せ、しばらく悩んだあと、苦渋の表情で首に振った。

「それは魅力的な申し出だが、また今度にしよう」

「え……」

「今日はそれより早く、お前の中に挿入《はい》りたい」

ジュチは恥ずかしそうに笑って、湖白の体を抱きしめてくる。

そのまま体を反転させられ、寝台の上に座るジュチの体の上を跨ぐ体勢にさせられる。

「寝台に膝を立てて、俺の背に摑まっていろ。痛かったらすぐに言うのだぞ」

ジュチはそう言うと、先ほど湖白が出した精液を指先に掬《すく》って、湖白の会陰部にすりつけてくる。そして、ひとしきり入り口の襞をくすぐったあと、ゆっくりそこに指を押し込んできた。

「……っ、う……」

「やはりきついか？」

ジュチが湖白を気遣うように、正面から上目遣いの視線を向けてくる。

「だ、いじょうぶです……」

湖白は首を横に振り、愛しい男の背に腕を絡めた。

異物感はあるけれど、最初にそこを暴かれたときほどの痛みはない。

けれど、ジュチの指が二本に増やされ、中でぐるりと回されると、膝立ちになった脚ががくがくと震えた。

「あ、あ……くっ……」

早くジュチとつながりたいのに、強引に体の内側を広げられる感覚は、黒豹族に乱暴にされたときの記憶を呼び起こし、つい及び腰になってしまう。

「無理はするな。俺はお前を傷つけたくはない」

「へ、いきです……平気ですから、ジュチ様、やめないで」

両腕でジュチの背中にしがみつき、湖白は懇願した。

自分が少しでも怖がる素振りを見せたら、ジュチはすぐに挿入をやめてくれるだろう。けれど、それでは意味がない。ジュチに抱いてもらわなければ、自分はいつまでも過去の記憶に囚《とら》われたままだ。

「そろそろいいか……。湖白、お前が痛くないと思う深さまででいいから、俺の上にゆっくり腰を落とせ」

湖白の中がだいぶほぐれた頃合を見計らい、ジュチが指を引き抜き、亀頭を後孔へと宛がってくる。

黒豹族に無理矢理犯されたときと違い、この行為は湖白が望んで行っているものであることを思い知らせるために、ジュチはあえて湖白に主導権を委《ゆだ》ねる体位を選んだのだろう。

ジュチの意を汲んだ湖白は無言で頷き、ゆっくりとジュチの上に腰を落とした。

「あ……」

入り口付近の襞がみしりと拡《ひろ》がる。指とは比べ物にならないほどの体積だ。

けれど、怖くてそこから先に進めない。先端の太くなっている部分をうまく飲み込めず、蕾の浅いところで締め続けているような状態だ。

「もっと、深く……、ジュチ様が欲しい、のに」

思うようにならない体が悔しく、湖白は目尻に涙を滲ませた。

ジュチも苦しいのだろう。顔を歪めたまま、湖白を宥めるように何度も脚をさすってくる。

腰を浮かせ、もう一度、挿入を試みる。けれど、やはりそれ以上は怖くて自分で進むのは無理だった。

「お願いです。ジュチ様、突いて。もっと深く……僕のこと、愛してください」

洟を啜り、湖白はジュチに訴えた。

「湖白……」

「あっ、あ、ああ――っ！」

ジュチが湖白の腰を摑み、一気に自身を飲み込ませてくる。

痛みの中に、恐ろしいほどの快感が走る。

湖白はジュチの体に正面からしがみついたまま、白い背を綺麗に反らせた。

「深い……嬉しいです。ジュチ様と深くつながってる」

浅く呼吸を繰り返しながら、湖白は接合部に指を這わせた。挿入された刺激が強すぎて、頭の中が白く霞がかっている。けれど、ひどく幸せな気持ちだった。

「これ以上煽るな。お前を抱き壊してしまいそうになる」

「壊されてもいいです。ジュチ様になら」

ジュチが少し拗ねた様子で湖白の唇を塞いでくる。甘い口づけを受けながら、湖白はうっとりと目を閉じた。

もっとジュチを深く感じたい。体も心も余すところなく全部、ジュチのものになりたい。

「そんなことを言われたら、本当に壊してしまうかもしれん」

ぼんやりとした意識の中、ジュチが申し訳なさそうになにかを呟いている。

「すまない、湖白。少し苦しい思いをさせるぞ」

「っあ……ジュチ様……なんで？　また大きくなって」

その瞬間、自分の体内を穿つジュチの砲身の中程が徐々に太くなっていくのを感じ、湖白は困惑した。以前、抱かれたときにはなかった現象だ。

「狼の射精は人間より時間がかかる。だから、つながったまま抜けないように途中に瘤《こぶ》ができるのだ」

「そんな……」

「俺も狼の姿を得て、初めて知ったのだ。お前には辛い思いをさせてしまうかもしれないが、どうか許してくれ」

「あうっ、う……く」

ジュチの背にしがみつき、湖白は恐ろしいほどの圧迫感に必死に耐えた。ジュチが念願の狼の姿になれたことはとても嬉しいが、このような特性までもあっただなんて。

白い耳をぺたりと伏せて、ジュチはとても申し訳なさそうな顔をしている。

その姿がなんだか可愛くて、湖白は思わず笑みを零した。

「大丈夫です。ゆっくり動いてくだされば、たぶん……」

懸命に呼吸を整えている湖白の顔を心配そうに見つめながら、ジュチが遠慮がちに腰を小刻みに揺らし始める。

と、ある一点を掠めたとき、湖白の奥で急に熱が弾けた。

「あっ」

「ここか?」

「まっ、待って、ジュチ様……」

ジュチが慎重な面持ちで、再びそこを狙い突く。

途端に、先程よりも鮮烈な痺れが全身に走り、湖白は「ひっ」と喉を引き攣らせた。

「だ、だめ……です、やっ、そこ……あっ、ぁあ」

自重で深くジュチを咥え込んでいるせいだろうか。それとも、ジュチの砲身にできた瘤で中を圧迫されているせいだろうか。前回より感じるのが早い。

「ここが湖白の気持ちいい場所なのだな。覚えておこう」

ジュチも額に汗をびっしりと浮かべていた。

強張る湖白の体を必死に宥めながら、ジュチは下からぐん、と腰を突き上げてくる。

「ひっ、ぅあ、あっ……、ああっ！」

ぽた、となにかが落ちて、股間に濡れた感触を覚えた。見ると、一度ジュチの手で達せられて萎《な》えたはずの湖白の屹立が再び頭を擡げ始めていた。

直接触れてもいないのに、どうして。ジュチの牡が中のイイところを掠めるたびに、湖白の屹立の先端から透明の蜜がだらだらと溢れてくる。

「やっ、へん、なのくる……っ、おかしくなっちゃ……」

湖白は必死にかぶりを振った。

それは射精感とも尿意とも違う、不思議な感覚だった。このままジュチにそこばかり突かれたら、体の奥から違うなにかが出てきてしまいそうだった。

「だめっ、やっ……やだっ、ジュチ様。ジュチさまぁ」

「構わん。出していいぞ」

「ひっ、っぁ、あ――んぁっ！」

腰を抱えられ、ぐっと最奥まで一気に貫かれる。湖白の体にびりっと鋭い衝撃が走り、意識が一瞬遠のく。と同時に、がくんと首が後ろに仰け反り、ぱたぱた、と粗相してしまったかのように、湖白の股間は透明な雫で濡れた。

「う、そ……」